Mit Diesem Wunsch

Trent Sinclair kennt Liebe und Verlust. Beides hält er in seinem Herzen fest verschlossen. Aber als er Lilly McCall, die Schwester seines Schwagers, kennenlernt, wird sein Leben plötzlich auf den Kopf gestellt.

Lilly McCall läuft schon seit sie denken kann vor ihrer Vergangenheit davon. Sie hält sich mit dem Aushelfen in einem Nationalpark nach dem anderen beschäftigt… aber jetzt holt sie ihre Vergangenheit ein und sie kommt auf der Suche nach Antworten nach Windswept Bay. Sie hat nicht mit dem attraktiven, ruhigen Trent Sinclair gerechnet, wenn es darum geht, ihre Welt auf den Kopf zu stellen und ihr verwundetes Herz aufs Spiel zu setzen.

Lass dir die nächste herzerwärmende, berührende Geschichte in der Windswept Bay Reihe nicht entgehen ~ die Schwestern hatten ihre Liebesgeschichten, jetzt ist es für die Brüder an der Zeit, sich von der Liebe mitreißen zu lassen.

MIT DIESEM WUNSCH

Windswept Bay, Buch Acht

DEBRA CLOPTON

KAPITEL EINS

Der Wind wehte heiß und feucht über Trent Sinclair hinweg, während er auf seiner Harley die kurvige Küstenstraße von Windswept Bay entlang fuhr. Er hatte seit zwei Jahren an der Aufbereitung dieser alten Knucklehead Harley gearbeitet und jetzt schnurrte sie wie ein großes Kätzchen. Zu wissen, dass er sie mit seinen eigenen Händen wieder in Schuss gebracht hatte, war ein belohnendes Gefühl. Es gab ihm das Gefühl von Erfolg.

Es hatte ihn auch an den Abenden beschäftigt.

Die Ablenkung hatte er gebraucht, nachdem er aus

dem Militär und der Spezialeinheit entlassen worden war. Er hatte es nicht gut verkraftet, als er vor fast drei Jahren das erste Mal nach Hause gekommen war. Für ihn war es ein Rettungsanker gewesen, den er gebraucht hatte, einige Monate nach seiner Ankunft das Motorrad zu finden. Er hatte niemandem sehen oder überhaupt ausgehen wollen. Außer mit seiner Familie – seinen Brüder und Schwestern – hatte er die meiste Zeit nach der Arbeit einfach nur allein verbringen wollen. Aber er hatte zu viel Zeit mit nichts als den Geräuschen von Grillen und Fröschen verbracht und selbst das Geräusch des kleinen Wasserfalls nicht zu weit entfernt zwischen den Bäumen hatte ihm nicht besonders gut getan… Er hatte zu viel Zeit für Erinnerungen, Bedauern und Stillstand gehabt.

Ihm war klar geworden, dass er etwas brauchte, das ihm dabei half, der Zeit einen Sinn zu geben. Und das Arbeiten an der Harley war genau das richtige Projekt gewesen. Aber jetzt war sie fertig. Und das Leben war weitergegangen… Aber war er bereit?

War sein Herz genug geheilt? Wollte er nach mehr

streben?

Es bestand keine Eile. Jetzt hatte er Gefallen daran gefunden – das Leben zu spüren, das in der Luft vibrierte, während er auf der Harley fuhr. Vorerst würde er sich darauf konzentrieren. Das und darauf, einen Schritt nach dem anderen zu machen, um schließlich vorwärts zu kommen.

Er betrachtete die Brandung, während er der Biegung der Straße folgte, und darüber nachdachte, wie viel Glück er hatte, an so einem schönen Ort zu wohnen. Er bog auf die abgelegene Straße, die die Berge hinauf und weg von dem blauen Wasser der Bucht führte. Er genoss die Abgeschiedenheit seines von Bäumen umgebenen Zuhauses, weg von der Brandung und als Gegensatz zu dem, was sich die meisten Leute von einem Haus in Strandnähe wünschten. Als er sich den Hügel hinauf schlängelte und um die letzte Kurve zu seiner Einfahrt fuhr, musste er sein Bike plötzlich scharf nach links ziehen, um dem hellblauen Wohnwagen auszuweichen, der die Straße blockierte.

Das Motorrad kam ins Rutschen und er schaffte

es, dem Anhänger auszuweichen. Er rutschte über den Grünstreifen, holte tief Luft und kam auf seiner Auffahrt schlitternd zum Stehen. Er stellte den Motor ab und klappte den Ständer seiner Knucklehead aus.

Wer... Was?

Die Fragen schossen ihm durch den Kopf, während er mit finsterem Blick zu dem verblassten Chevy blickte, der an dem kleinen, eierförmigen Wohnanhänger befestigt war, der seine Zufahrt und die Straße blockierte. Wut flammte in ihm auf, während er die Gegend absuchte. Es war niemand zu sehen.

„Bist du in Ordnung?"

Er riss seinen Kopf herum und sah eine Blondine, die auf halber Strecke zwischen ihm und dem Haus stand und einen erschrockenen Ausdruck auf ihrem gebräunten Gesicht hatte. Zumindest soweit er ihr Gesicht durch die Masse an Haaren erkennen konnte.

„Was hast du dir dabei gedacht?", fragte er aufgebracht, während er von dem Motorrad stieg und mit großen Schritten auf sie zuging. „Versuchst du, jemandem mit deinem Anhänger umzubringen?"

„Nein. Ich dachte, er wäre genug von der Straße

runter. Ich habe meine Warnblinker an.“

„Nope, keine Warnblinker und nicht genug von der Straße runter.“

Sie schob sich mit einer Hand die Locken aus dem Gesicht und ließ ihre Hand auf der Stirn liegen, als würde sie die Masse zurückhalten wollen. Ihre Brauen kräuselten sich über ihrer dunklen Sonnenbrille. „Nun, ich parke ihn um. Ich hatte den Eindruck, dass von hier aus wenig Verkehr den Berg hinauf herrscht.“

„Das stimmt, ist aber trotzdem keine gute Idee. Du hättest ihn zumindest aus dem Kurvenbereich und weg von meiner Einfahrt parken sollen.“

„Gut. Ich parke ihn um und bin gleich zurück.“ Sie joggte mit leichten Schritten an ihm vorbei.

Er stützte seine Hände in die Hüften und sah zu, wie sie die Beifahrertür öffnete, ins Auto glitt und die Tür zuzog. Sie rutschte auf den Fahrersitz und startete den Motor. Ein lauter Auspuffknall ertönte von dem alten Truck, bevor er nach vorn fuhr und das blaue Ei über seine Auffahrt und fünfzehn Meter die Straße hinauf und am Eingang seines Hauses vorbei zog. Das war ein hässlicher, kleiner Wohnanhänger.

Allerdings eine ziemlich süße Besitzerin, wie ihm auffiel, während sie innerhalb weniger Augenblicke zurück in seine Richtung joggte. Ihr Haar schien lebendig zu sein, als sie auf den Bürgersteig trat und vor ihm stehen blieb. Sie nahm ihre Sonnenbrille ab, wobei sie ihre schöne, makeup-freie Haut und funkelnden Augen, von der Farbe des Immergrüns offenbarte, das im Fensterkasten seiner Mutter wuchs. Sie ließ die Hand, die die Sonnenbrille hielt, zu ihrem Oberschenkel sinken und sein Blick folgte der Bewegung. Über ihr T-Shirt, auf dem Yosemite National Park über ihre kleinen Brüste gekritzelt war, vorbei zu einer abgeschnittenen Jeans hinunter, die auf Hälfte der Oberschenkel endete, auf ihre gebräunten, wohldefinierten Beine. Sein Blick blieb an der Sonnenbrille hängen, während sie damit auf die Seite ihrer Oberschenkel nahe der langen, gezackten Narbe tippte, die seitlich an ihrem Bein verlief. Die Narbe war seinem Blick verborgen geblieben, als sie an ihm auf dem Weg zu ihrem Truck vorbei gejoggt war. Jetzt war sie jedoch als offensichtliches Überbleibsel von, wie er sich vorstellte, einem schmerzhaften Unfall oder einer Operation zu erkennen.

„Also, nun da ich den aus dem Weg geschafft habe, können wir uns unterhalten."

Ihre fröhliche Stimme zog seinen Blick weg von ihren Beinen und zu ihrem Gesicht, wo er ihren klaren Blick traf. Sie lächelte und verwandelte sich mit einem schnellen Schlag in die Magengrube von hübsch zu absolut umwerfend.

„Unterhalten?", murmelte er und hatte Schwierigkeiten, seine Aufmerksamkeit von dem Schmerz ihres Unfalls zu ihrem beschwingten Tonfall und diesen Augen zu lenken. *Dieses Lächeln. Es brachte ihn völlig aus der Fassung.*

„Ja. Zuerst einmal gefällt mir dein Motorrad. Es ist eine wirkliche Schönheit." Sie drehte sich zu der Knucklehead und sein Blick blieb erneut an der schlimmen Narbe hängen. Sie war verblasst, aber aus diesem Blickwinkel betrachtet muss sie einst, vor Jahren, wirklich schrecklich gewesen sein.

Trents Gedanken wanderten vorübergehend zu einer Zeit zurück, die er sehr bemüht war, zu vergessen. Er schüttelte seinen Kopf und lenkte seine

Aufmerksamkeit angestrengt zu seiner Harley. „Danke. Ich mag sie auch sehr."

Sie drehte sich mit breitem Lächeln wieder zu ihm „Ich hoffe, du nimmst mich irgendwann mal mit. Ich kann mir nur vorstellen, wie frei man sich fühlen muss. Und ich bin mir sicher, dass die Harley während der Fahrt schnurrt wie ein Kätzchen."

Während sie sprach, hatte er Mühe, sich zu konzentrieren. „Du kennst dich mit alten Motorrädern aus?" So überraschend wie jede Sekunde, seitdem sie aufgetaucht war, war seine sofortige Anziehung zu ihr, die ihn plötzlich ergriff. Sein Kopf drehte sich, denn es war eine Weile her, seit er sich unmittelbar zu jemanden hingezogen gefühlt hatte... nicht mehr seit Erica. Er dachte an Erica und zwang sich, sich auf die faszinierende Frau zu konzentrieren. Er wollte herausfinden, wer sie war und warum sie hier war.

„Ich kenne mich nicht wirklich mit Motorrädern aus. Ich habe nur schon viele Motorräder gesehen und ein altes Bike sticht hervor." Lilly McCall ließ den attraktiven Kerl vor ihr auf sich wirken. Auch er stach hervor, mehr noch als sein Motorrad. Er war groß, schlank und muskulös und auch wenn sie vorher ihre Nachforschungen zu ihm angestellt hatte, war sie nicht auf die unerwartete Anziehung vorbereitet. Das könnte zu einem ein Problem werden. „Ich bin Lilly McCall", sagte sie, als sie bemerkte, dass sie sich nicht vorgestellt hatte.

„Ich bin Trent Sinclair, aber ich habe das Gefühl, dass du das bereits weißt." Er neigte seinen Kopf. „McCall. Moment mal, bist du die Schwester meines Schwagers?"

Sie nickte. „So ist es. Aber er hat noch keine Ahnung, dass ich hier bin." Sie streckte ihre Hand aus und sah ihr Spiegelbild in seiner Fliegerbrille. Sie bemerkte, dass ihre verrückten Haare ziemlich wild aussahen von der salzigen Luft und der Tatsache, dass sie die letzten vier Stunden mit offenem Fenster gefahren war. Sie waren ein kleines Chaos und zum Doppelten ihres normalen Volumens angewachsen. *Oh man, es war, wie es war.*

Er nahm ihre Hand und schüttelte sie auf ernste,

förmliche Weise. Ihr gefiel das Gefühl seiner schwieligen Handfläche, auch wenn es nur ein sehr kurzer Handschlag war. „Hast du dich verfahren?"

Sie lächelte. „Nein, ich weiß ganz genau, wo ich bin."

Er setzte seine Fliegerbrille ab und ihr Herz setzte einen Schlag aus, als auffallend blaue Augen mit der Farbe des blaugrünen Wassers der Küste ihren Blick trafen.

„Du bist also gekommen, um mich zu sehen?" Sein Blick ruhte herausfordernd auf ihrem.

Bewusstsein regte sich heftig in ihrer Brust und sie versuchte, es abzuschütteln, wie eine Frau, die Bienen abwehrte. Der Mann war so sexy wie die Helden der Bücher, die sie schrieb, und sie hätte eine Reaktion der Heldin nicht besser beschreiben können als ihre Reaktion auf ihn.

„Na ja, in gewisser Weise bin ich auch auf dem Weg zu meinem Zuhause."

Er verschränkte seine Arme – seine ablenkend muskulösen Arme – und seine Brauen senkten sich. „Deinem Zuhause?"

Sie verwirrte ihn. Sie neigte dazu, das zu tun. *Konzentration, Lilly.* „Ich bin wegen eines Baumhauses hier. Ich will, dass du mir eines baust."

Er hob eine Augenbraue. „Du weißt von meinen Baumhäusern?"

„Tue ich. Ich habe vor einem Monat mit BJ geredet und er hat mir erzählt, was jeder seiner neuen Schwäger so macht. Und er erwähnte, dass du Baumhäuser gebaut hast. Und, na ja, ich habe angefangen, darüber nachzudenken, und konnte nicht so recht von der Idee ablassen. Daher bin ich hier und ich hätte gern, dass du mir eines baust. Falls du Zeit hast. Und ich hoffe wirklich, dass du das hast." Das tat sie wirklich. Sie hatte sich tatsächlich darauf festgelegt. Es war groß. Es war schwer und die skurrile Vorstellung, in einem Baumhaus zu leben, hatte sie wie ein Schraubstock ergriffen und ließ nicht von ihr los. Sie wollte dieses Baumhaus. *Wollte wirklich Wurzeln schlagen und bleiben...*

„Wo? Reist du nicht viel herum? So von einem Nationalpark zum nächsten oder so?"

Ihr Herz zog sich zusammen. „Tue ich. Ich meine,

habe ich getan. Ich beginne jedoch ein neues Kapitel in meinem Leben. Ich bin…" Sie befeuchtete ihre Lippen und plötzlich juckten ihre Fußsohlen. „Ich lasse mich nieder. Hier auf Windswept Bay. BJ ist hier."

„Nun, ich finde, das ist großartig. Als ich das letzte Mal mit ihm gesprochen habe, hat er nicht erwähnt, dass du kommst."

„Er weiß es nicht."

Trent sah jetzt geschockt aus. „Ach, tatsächlich, du überraschst ihn?"

„Ja." Sie hatte nicht gewollt, dass irgendjemand von ihrem Plan wusste. Sie hatte war es gewöhnt, Entscheidungen selbst zu treffen und aus einem Bauchgefühl heraus zu handeln. „Ich werde mich mit ihm treffen, aber ich wollte mich zuerst hier niederlassen und die Sache mit dem Baumhaus ins Rollen bringen."

„Ins Rollen?"

„Ja. Kannst du während der nächsten paar Monate ein Baumhaus in deinen Zeitplan einbauen?"

Er stemmte seine Hände in seine in Jeans gekleideten Hüften und musterte sie jetzt mit echter

Fassungslosigkeit. „Na ja, ich werde in ein paar Tagen die Umgestaltung eines Hauses fertigstellen, aber in zwei Monaten habe ich einen weiteren Auftrag."

„Fantastisch. Das ist eine Menge Zeit, oder nicht?"

Er lachte. „Vielleicht. Das hängt davon ab, wie extravagant du es haben willst."

„Schön, aber nicht zu ausgefallen. Ich bin keine extravagante Person."

„Okay, also wo ist das Grundstück? Ich werde es mir ansehen müssen."

„Prima. Es ist direkt um die Ecke den Berg hinauf."

Er blinzelte. „Diesen Berg?"

Sie nickte, als hätte sie nichts Überraschendes gesagt, aber das hatte sie. „Ja, die Straße entlang."

„*Du* hast das Grundstück auf der Spitze dieses Berges gekauft?"

Lilly hätte von seiner Reaktion nicht überrascht sein sollen. Natürlich wusste er, was das Grundstück auf der Spitze dieses Berges kostete. Er wohnte hier, auf halber Strecke der Straße dorthin.

„Das habe ich." Und seine Reaktion war richtig, denn das Grundstück war nicht günstig gewesen. Sie fragte sich, was ihm durch den Kopf ging. Wahrscheinlich dachte er, dass sie einen Kredit von BJ bekommen hatte. Die Wahrheit war allerdings weit davon entfernt. „Hör zu, ich bezahle, was auch immer du willst, falls du dir deswegen Gedanken machst. Aber ich habe eine Deadline. Ich brauche es innerhalb der nächsten zwei Monate."

„Okay, aber du bist dir sicher, dass du *dort* oben ein Baumhaus haben willst? Wir sind hier schließlich an der Küste Floridas und bekommen von Zeit zu Zeit Wirbelstürme."

„Ich bin mir sicher. Ich werde mit den Wirbelstürmen fertig, wenn sie kommen. Aber ich weiß, was ich will. Kannst du das machen? Ich habe mir deine Arbeiten angesehen und liebe sie." Sie legte ihre Hände in die Hüften und bereitete sich darauf vor, ihn davon zu überzeugen, zu tun, worum sie ihn gebeten hatte, egal was dafür nötig war. „Ich weiß, was ich will, und du kannst mir das geben."

Seine Brauen hoben sich und der zweideutige Unterton ihrer Worte überraschte sie. Die Tatsache, dass sie eine 26-jährige Frau war, die sich hinter ihrer Freiwilligenarbeit in den Nationalparks versteckte, war ein kleines Hindernis für ihr Liebesleben. Und da war auch die Tatsache, dass es in ihrem Inneren einen Knoten um ihr Herz gab, der sich Herzen lösen konnte, und nicht würde. Sie konnte ihre schrulligen, süßen Romanzen schreiben, aber sich ihnen selbst zu öffnen, dazu sah sie sich nicht in der Lage.

Deshalb schrieb sie einfach Liebesgeschichten… wenn ihr das genügen würde, sähe sie sich nicht mit drohenden Herzschmerzen konfrontiert. Die Wahrheit war, dass sie nie Anziehung jemandem gegenüber verspürt hatte, der ihr Herz wirklich berührt hatte.

Er starrte sie an und sie realisierte, dass er nicht geantwortet hatte. „Also, bist du der Mann für den Job?"

Seine Lippen zuckten und er kniff leicht die Augen zusammen. „Gut möglich. Ich werde mir zuerst das Grundstück ansehen müssen. Vielleicht sollten wir dort hochfahren und uns ansehen, was genau du in dieser etwas einschränkenden Umgebung, die du gerade beschrieben hast, haben willst."

Sie lachte erleichtert. Sie hatte ihn und das wusste sie auch. „Fantastisch! Dann los. Dein Fahrzeug oder meines?"

KAPITEL ZWEI

Trent lachte über die Art, wie sie ihn wegen einer Fahrt mit seiner Harley neckte. Er war sich nicht sicher, was er von ihr halten sollte. Und die Tatsache, dass sie hierhergekommen war, bevor sie sich mit ihrem Bruder traf, war recht merkwürdig. Andererseits hatte BJ gesagt, dass er und seine Schwester Streuner gewesen waren, nachdem sie ihre Eltern verloren hatten. Nicht, dass sie viel darüber geredet hatten. Sein Schwager sprach nicht viel über seine Vergangenheit. Trent wusste nur, dass seine Eltern und Lilly in einem Autounfall verwickelt gewesen waren und dass Lilly überlebt hatte, die Eltern allerdings nicht. Es war eine schlimme Zeit in ihrem Leben gewesen. Trent verstand es, dass jemand nicht über etwas so Einschneidendes reden wollte. Er hatte seine eigene Tragödie… hatte seine eigene Art, damit umzugehen. Olivia wusste mehr über BJs Vergangenheit, aber hatte ebenfalls nicht viel erzählt, nur dass sie hoffte, dass Lilly sich eines Tages würde öffnen und wieder in der Nähe ihrer Familie sein konnte. Olivia hatte BJ dabei geholfen.

Wenn er Lilly jetzt so sah, musste sich Trent fragen, ob Lilly dabei war, diesen großen Schritt in Richtung Heilung zu gehen. Er hatte seine Familie langsam wieder in sein Leben gelassen – nicht vollständig – in seinem Herzen war einfach zu viel Schmerz über den so tragischen, so plötzlichen Verlust von Erica, dass er nicht glaubte, er könnte das jemals komplett mit irgendwem teilen. Aber er lebte bei seiner Familie und er hatte sie nie gänzlich ausgeschlossen, war der Tatsache nie entkommen, dass er tief verletzt sein würde, wenn einem von ihnen, einer Person, die er liebte, etwas zustoßen würde. Schmerz, Liebe, Freude und Verlust waren alle wie Garnknäule ineinander verwickelt, und konnten nie komplett voneinander getrennt werden. Dennoch versuchten es manche. Er fragte sich, ob Lilly das getan hatte.

„Hey, ich mache nur Spaß. Ich werde meinen Truck nehmen und den Anhänger aus dem Weg schaffen."

Er bemerkte, dass er nichts gesagt hatte, während sie ein paar Schritte zurückgegangen war. Er hatte einfach wie ein Dummkopf dagestanden, sie angesehen und nachgedacht. „Okay, ich fahre dir hinterher", bot er an.

Sie streckte einen Daumen nach oben, drehte sich dann um und joggte den Anstieg zu ihrem Truck hinauf. Er stieg auf seine Knucklehead, als ihr Truck mit einem Aufheulen des Motors zum Leben erwachte, zurücksetzte und dann vorwärtsfuhr.

Das Ding hatte ein Problem. Brauchte offensichtlich einen Check-up.

Während er ihr folgte, musste er daran denken, dass sie eine ordentliche Summe für das Grundstück auf der Spitze des Berges bezahlt hatte. Und sie hatte gesagt, dass sie bezahlen würde, was auch immer das

Baumhaus kosten sollte. Sie verhielt sich, als wäre Geld kein Thema. Andererseits hatte BJ einen Haufen Geld. Er hatte es von seinem vor langem verstorbenen Dad geerbt und war noch immer dabei, sich an die Tatsache zu gewöhnen, daher hatte er es vielleicht mit seiner Schwester geteilt. BJs Vergangenheit war kompliziert.

Aber entweder hatte er einiges von seinem neugefundenen Wohlstand mit seiner Schwester geteilt oder die Dame war selbst schwerreich, denn die Bergspitze dürfte nicht günstig gewesen sein. Trents Großvater hatte das Grundstück gehört, auf dem er sein Haus gebaut hatte, aber es war nicht die Spitze des Berges. Das Grundstück mit Aussicht. Das Preisschild war entsprechend.

Sie hatte es gekauft.

Er folgte ihr die gewundene, mit den Schatten Bäume gesprenkelte Straße hinauf. Als sie das Tor erreichten, fuhr sie hindurch.

Das Land war nicht am Strand, aber es war das optimale Grundstück und nicht so leicht zugänglich. Ja, es gab in gewissem Maß eine befestigte Straße und dann gab es dort eine Menge Pflanzen, die einen Verschnitt benötigen würden, zumindest auf Teilen des Weges. Und dann auch abhängig davon, was für ein Baumhaus sie wollte… Er hatte gewöhnliche, aber einzigartige Baumhäuser ohne Schnickschnack gebaut, die nicht extravagant waren, aber trotzdem waren Rohrleitungen und Wasseranschluss und Sicherheitsvorrichtungen nicht günstig. Er hatte das Gefühl – na ja, um ehrlich zu sein, er hatte kein Gefühl; er hatte keine Ahnung, was sie wollte. Er würde einfach abwarten und schauen. Plötzlich traf es ihn, dass sie irgendwann mal in die Stadt gekommen sein muss, um das Grundstück zu kaufen.

Er parkte hinter ihr und dem blauen, eierförmigen Wohnanhänger, den sie neben dem kleinen Bungalow auf dem Grundstück geparkt hatte. Sie stieg aus und eilte zu ihm, während er den Motor abstellte und von seinem Motorrad stieg.

Sie lächelte strahlend. „Ich kann es kaum erwarten, dir meinen Baum zu zeigen. Muss ihn erst einmal finden. Ich bin so begeistert von dem Gedanken, mein Baumhaus zu bekommen."

Er blieb stehen. „Hast du BJ irgendwann mal besucht und dabei das Grundstück gefunden?"

Sie fuhr sich mit der Hand durch ihre Locken und schob sie sich aus dem Sichtfeld. „Ich habe es im Internet zum Kauf gefunden, dann habe ich es mir auf Google Maps angeschaut und mich darauf eingeschossen."

„Du hast einen Baum über das Internet ausgewählt?"

„Na ja, ich glaube schon. Zumindest sah er ziemlich groß aus, als ich reingezoomt habe. Du wirst mir helfen müssen, ihn zu finden, da ich ihn bislang nur im Internet gesehen habe."

Sie hatte ihren Baum gegoogelt. Er versuchte, sich sein Erstaunen nicht anmerken zu lassen. Er war froh, dass er seine Sonnenbrille wieder aufgesetzt hatte, um seine Augen zu verbergen. Er drehte sich um und betrachtete die zahlreichen Bäumen um sie herum. „Irgendeine Idee in welcher Richtung?"

Sie schaute kurz zu dem Bungalow und drehte sich dann in Richtung Norden. Sie ging von dem Bungalow weg über die kaum vorhandene Straße, späte ins Unterholz und blickte dann nach oben. „Er ist hier irgendwo." Sie ging zwischen die Bäume. Sie trug robuste Wanderschuhe.

Er schaute ihr nach. Sie ging wie eine Frau, die sich wohl dabei fühlte, durch dichte Bäume zu gehen. Da fiel ihm ein, dass sie in den vergangenen Jahren in verschiedenen Nationalparks gearbeitet hatte. Sie fühlte sich natürlicherweise zwischen Bäumen wohl. Er folgte ihr und war mehr als neugierig, ihren Baum zu sehen. *Ihren gegoogelten Baum.*

„Da ist er!" Sie schrie erfreut auf, als sie nach oben deutete und er wusste sofort, welchen Baum sie meinte. Er ragte über die Spitzen der anderen Bäume hinaus. Sie ging weiter voran und er folgte ihr.

Sie mussten langsam gehen, weil das Unterholz sehr dicht war, aber schließlich erreichten sie den Baum.

„Er ist wunderschön. Gefällt er dir? Ich kann es kaum erwarten, hier zu schreiben. Ich meine, vorerst habe ich einen kleinen Bungalow, der sich im Vergleich zu meinem Mini- Wohnwagen wie ein Palast anfühlen wird, aber ich kann es kaum erwarten, in meinem Baumhaus zu leben und zu schreiben. Ich will offene Flächen, Fenster und, na ja, ich bin offen für deine kreativen Ideen." Sie drehte sich zu ihm. Ihr Gesicht strahlte vor Begeisterung. „Was meinst du?"

Was ich meine? Du bist wunderschön. Er war überrascht, wie gut sie zwischen den Bäumen aussah, robust und voller Leben mit ihren wilden Haaren und ihrer lockeren Art.

„Wird er sich für ein Baumhaus eignen?", fragte sie, als er nichts sagte.

Was stimmte nicht mit ihm? Er war es nicht gewöhnt, von einer Frau aus dem Konzept gebracht zu werden, doch genauso fühlte er sich, wenn er Lilly ansah. „Es wird funktionieren." Er riss sich von ihrem Anblick los und betrachtete ihren Baum. Er war perfekt, mit dicken, starken Ästen, um darum ein Haus zu bauen. Während er ihn betrachtete, begannen die Ideen in seinem Kopf herumzuwirbeln. „Du hast ein gutes Auge, selbst wenn du aus Satellitenperspektive drauf schaust. Das beeindruckt mich noch immer."

Sie lachte. „Die Aufnahmen sind ziemlich detailliert. Und ich bin ein kleines Risiko eingegangen, aber ich habe auch mit der Immobilienmaklerin gesprochen und sie versicherte mir, dass auf dem Grundstück eine Reihe kräftiger Bäume stehen. Sie war wahrscheinlich neugierig, warum ich so interessiert an den Bäumen war, aber ich habe ihr meine Pläne nicht verraten."

Er machte ein paar Schritte vorwärts, um ihn sich noch genauer anzusehen. „Er wird sich gut machen."

„Klasse. Ich kann mich schon dort oben sehen, wie ich schreibe und Geschichten erschaffe."

Er musterte sie. „Du bist also Schriftstellerin? Weder BJ noch meine Schwester haben das erwähnt."

Sie neigte ihren Kopf zur Seite. „Weil sie nichts davon wissen."

Das überraschte ihn. „Sie wissen es nicht?" Sie zuckte mit den Schultern, offensichtlich konnte sie ihm vom Gesicht ablesen, wie überrascht er war.

„Ich schreibe unter einem Künstlernamen. Chloe Beck. Schon seit einigen Jahren."

Er hätte sie nicht für eine Schriftstellerin gehalten; andererseits hatte er noch nie eine Schriftstellerin kennengelernt, daher war er nicht ganz sicher, warum er sie sich nicht als eine vorstellen konnte. „Also, nur damit ich es richtig verstehe: BJ, dein Bruder, weiß nicht, dass du in die Stadt gekommen bist, ein Grundstück gekauft hast, ein Baumhaus baust oder dass du Schriftstellerin bist?"

Sie sah plötzlich ein wenig zerrissen aus. „Stimmt. Es ist kompliziert."

„So klingt es."

„Ich werde es ihm morgen erzählen. Ich musste nur…" Sie hielt inne und zum ersten Mal sah sie verletzbar und unsicher aus. Dann blinzelte sie es weg und lächelte ihn kurz an. „Ich musste mein Leben selbst in Ordnung bringen. Du wirst feststellen, dass ich ein ziemlicher Einzelgänger bin. Ich kann nichts dafür. BJ weiß das. Und versteht das."

„Klar. Ich habe mich nur gewundert." Es ging ihn ohnehin nichts an. Es sah ihm nicht ähnlich, neugierig zu sein. Er behielt seine Sachen auch für sich. „Ich habe gehört, dass viele Schriftsteller Fake-Namen verwenden."

„Künstlernamen. Aus unterschiedlichen Gründen. Für eine Weile habe ich versucht, es zu verstecken, aber die Wahrheit ist, dass ich liebe, was ich tue, und ich bin sehr gut darin. Aber ich bevorzuge meine Anonymität."

Es war offensichtlich, dass sie nicht versuchte, irgendjemanden zu beeindrucken, wenn man bedachte, dass sie einen ausgeblichenen Truck fuhr, in einem alten Wohnanhänger lebte und abgeschnittene Shorts trug. „Das verstehe ich. Ich versteckte mich selbst gern in den Bäumen."

Sie lächelte breit. „Ein Ei, das dem anderen gleicht. Also, wann kannst du loslegen?" Sie drehte sich schwungvoll zurück zu ihrem Baum und er lenkte seine Aufmerksamkeit von ihr weg zu dem Baum.

Er lachte; er konnte nicht anders. „Bald. Also, was für Bücher schreibst du?"

„Ich schreibe romantische Liebesgeschichten. Herzerwärmende, die Art, die du auf den Hallmark-Kanälen sehen würdest. Nicht gerade das, was ein Kerl wie du ansprechend findet."

Er verschränkte seine Arme. „Nun, woher weißt du, dass ich keine Hallmark-Filme mag?"

Sie lachte und warf ihm einen Seitenblick zu.

„Magst du sie? Ich habe eine Menge männlicher Leser. Ich schätze dich nur nicht als romantischen Typ ein."

„Wow, du hast mich ja in eine ganz schöne Schublade gesteckt."

„Tut mir leid, ich nahm nur an…"

„Warum sollte ich keine guten Liebesgeschichten mögen?"

„Vielleicht war ich etwas voreilig. Hast du eine Freundin?"

„Nein, ich habe keine Freundin. Ich habe seit einer Weile nach keiner gesucht."

„Ich auch nicht. Ich date nicht."

„Warum? Und warum hast du gefragt?" Ihm wurde ganz schwindelig von der Art, wie sie von einem Thema zum nächsten wechselte. Es war lange her, dass er überhaupt interessiert war. Nachdem er Erica verloren hatte, nachdem ihm all das körperlich und emotional zugesetzt hatte, hatte er einfach Zeit für sich gebraucht. Aber in letzter Zeit war er ruhelose gewesen und zum ersten Mal seit dem schrecklichen Tag, an dem Erica getötet worden war, fühlte er zunehmend Interesse an Lilly, trotz ihrer Art, bei der ihm schwummerig wurde.

Ob es noch irgendwie weiter als das ging, würde sich zeigen. Falls er diesen Job annahm, würde nichts passieren, denn er vermischte nie Geschäftliches mit Privatem. Er war noch immer neugierig, warum sie ihn gefragt hatte, ob er eine Freundin hat.

„Ich weiß es, ehrlich gesagt, nicht. Ich habe nicht so viel Glück mit Männern. Außerdem ist mein Arbeitsplan ziemlich voll. Vollgas, Hektik. Ich habe mir Deadlines gesetzt, die ich einhalten muss. Und es hilft mir, nicht über die Dating-Sache nachzudenken.“

„Diese Unterhaltung wird von Minute zu Minute interessanter. Die Dating-*Sache*?“

„Na ja, du weißt schon, der ganze Konflikt, der mit einer Beziehung kommt. Ablenkung. Das Drama. Für all das habe ich momentan keine Zeit. Daher die Dating-*Sache* – zu kompliziert. Ich schreibe darüber, aber in meinem eigenen Leben habe ich keinen Bedarf daran.“

Er starrte sie verdutzt an. „Machst du dir Sorgen, dass ich dich um ein Date bitten könnte? Oder dich angraben könnte? Denn deswegen musst du dir keine

Sorgen machen. Wenn ich diesen Job annehmen, wird es keine ‚Sache‘ zwischen uns geben. Ich werde für dich arbeiten. Du kannst also beruhigt schlafen, dich verkriechen, wie du willst. Und ich werde mich um meine Arbeit kümmern und tun, womit du mich beauftragt hast. Wie klingt das?“

Sie starrte ihn an, als wäre ihm gerade ein zweiter Kopf gewachsen. „Oh, ich habe das nicht gesagt, um anzudeuten, dass du mich angraben oder mich nach einem Date fragen würdest. Sorry, ich trete häufiger in ein Fettnäpfchen als dass ich es nicht tue. Das ist ein weiterer Grund, warum es immer gut war, tief in den Wäldern zu arbeiten. Mit der Wildnis komme ich zurecht. Sie hört mir zu, während ich rede, und versteht mich nie falsch. Ich habe das nur gesagt, um zu betonen, dass es ideal sein wird, wenn ich hier oben wohne. Abgeschieden, aber mein eigenes Privatgrundstück. Ich war seit Jahren zwischen den anderen Mitarbeitern in meinem kleinen, blauen Wohnwagen eingepfercht. Aber ich habe vor einem Jahr aufgehört, in dem Park zu arbeiten, und habe einen kleinen Fleck auf einem Campingplatz gemietet und geschrieben. Dennoch war es nicht wie mein eigenes Grundstück. Und, na ja, schließlich habe ich BJ erzählt, dass ich mich bald niederlassen würde. Ich habe ihm nur noch nicht alles erzählt. Ich wollte mir über alles im Klaren werden, bevor ich es irgendwem erzähle. Ich wollte, dass das meine eigene Sache wird." Sie unterbrach ihren wasserfallartigen Redeschwall und atmete tief durch.

Er war verloren. Wirklich verloren. Sie war süß, aber wenn man ihn fragte, war *sie* kompliziert – ohne viel über all ihre Gründe zu wissen, warum sie kein kompliziertes Leben wollte. Es klang, als hätte sie ein kleines… er wusste nicht wirklich, wie er es sagen sollte, aber da war etwas.

„Warum erzählst du mir nicht, was du in deinem Baumhaus haben willst?" Er musste sie zurück zum Geschäftlichen bringen. Sie mag womöglich sein Interesse geweckt haben, aber er sah bereits überall rote Warnleuchten blinken. Lilly McCall war offensichtlich komplizierter als alles, woran er interessiert war.

KAPITEL DREI

Lillys loses Mundwerk hatte sie einmal mehr in Schwierigkeiten gebracht. *Warum tat sie das jedes Mal?* Aus ihr sprudelte immer mehr heraus, als sie sagen wollte. Vor allem, wenn sie nervös war. Und der Macho – Mr. Liebesromanheld – machte sie nervös. Sie wollte, dass er dieses Baumhaus für sie baute. *Also warum hatte sie ihm all ihren persönlichen Kram erzählt? Es war lächerlich.* Manchmal wollte sie sich einfach nur die Hand vor den Mund halten oder sich Papiertücher in den Mund stopfen, damit sie still war. *Aber*, sie seufzte, *sie hatte ihm im Grunde nur die*

Wahrheit gesagt. Einfach zu viel.

Manchmal schrieb sie tagelang. Manchmal vergaß sie, sich zu waschen – ja, eklig, doch es stimmte. *Manchmal* war sie so in ihre Geschichten vertieft, dass sie von niemandem abgelenkt werden wollte. Und die meiste Zeit über war sie das reine Chaos.

Welcher Kerl würde das wollen?

Welcher Kerl würde das ertragen?

Keiner. Nope, das wäre einfach zu viel verlangt.

Trent musterte sie schweigend und wartete.

Wartete auf eine Antwort über ihre Baumhauspläne, Dummerchen. Lilly keuchte. „Pläne! Ich will, dass du mir hilfst, welche zu machen. Ich weiß, dass ich mindestens einen Raum ganz oben brauche, von wo aus ich das Meer sehen kann. Glaubst du, ich könnte das Meer von dort oben sehen?" Sie blinzelte nach oben zu dem hohen Baum. „Ich mag es, in Bäumen zu sein, mag die Abgeschiedenheit. Aber mir würde es wirklich gefallen, das Meer zu sehen, während ich kreativ bin – ich glaube, das wäre wundervoll und etwas, das ich nie zuvor hatte. Und unten dann ein offener Bereich und Platz für ein Bett.

Es muss nicht riesig sein; es muss nur stabil und hübsch sein. Und einzigartig. Um die Wahrheit zu sagen, ich werde eine neue Romanreihe anfangen und die will ich in diesem Baumhaus schreiben. Meine neue Serie, und erzähl niemandem davon, meine Heldin in der Geschichte – sie ist eine gemütliche Detektivin. Und sie lebt in einem Baumhaus. Und das will ich spüren, während ich die Geschichte erschaffe. Ich will diese Serie in meinem eigenen Baumhaus schreiben können. Ich glaube, es wird einzigartig werden, und es wird etwas sein, das meinen Lesern als Hintergrundwissen zu der Reihe gefällt. Das spricht mich wirklich an. Aber ich brauche deine professionelle Hilfe. Regt das deine kreativen Ideen an? Glaubst du, das kannst du machen? Kannst du mir helfen?"

Ein Lächeln machte sich auf seinem Gesicht breit und er nahm seine Sonnenbrille ab, um sie mit seinen schönen, ozeanblauen Augen anzuschauen. Er sah ein wenig benommen aus. Sie war es gewöhnt, dass Leute sie so ansahen. Benommen und verwirrt. Wie sie sich selbst manchmal fühlte. Doch manchmal bewegten sich ihre Gedanken einfach wie Wirbelstürme und sie konnte nicht anders. Sie verzog das Gesicht. „Hörst du mir noch zu?"

Er kicherte. „Ich will dir die Wahrheit verraten. Ich werde diesen Job annehmen. Und ein Grund ist, dass du mich wahnsinnig neugierig gemacht hast. Ich bin mir nicht ganz sicher, ob dein Kopf schneller arbeitet als dein Mund, doch ich will dieses Projekt machen, nur um herauszufinden, wohin das führt." Er lachte und seine Augen funkelten. „Und Olivia würde mich wahrscheinlich umbringen, wenn ich den Job für ihre neue Schwägerin nicht annehmen würde. Ich verspreche, dass ich dich schreiben lassen und ich meinen Job erledigen werde, sodass du die Charaktere deiner Serie oben im Baumhaus entwickeln kannst."

„*Super!* Und schaffst du das innerhalb von zwei Monaten?"

„Ich schaffe es in zwei Monaten, wenn wir umgehend anfangen. Ich habe einen Auftrag, der danach beginnt, und daher passt es tatsächlich in meinen Zeitplan. Dennoch werden wir uns einem Plan erarbeiten und uns ziemlich genau daran halten müssen. Du wirst deine Meinung nicht nochmal komplett ändern können. Schaffest du das? Nicht alle paar Tage Dinge verändern wollen?"

Trotz seiner skeptischen Frage wollte sie ihn am liebsten umarmen. „Das schaffe ich. Wirklich, ich kriege das hin. Lass es uns entwerfen. Ich möchte deine Ideen sehen und dann werde ich dich dein Ding machen lassen, während ich meines mache. Ich muss die Deadline einhalten, auf die ich gerade hinarbeite, daher werde ich dir nicht in die Quere kommen. Wir werden beide beschäftigt sein. Es ist perfekt. Ich werde mich auch manchmal mit BJ und Olivia treffen müssen."

„Ich habe das Gefühl, du wirst dich öfter mit ihnen treffen. Sie werden schließlich wissen, wo du zu finden bist." Er nahm sein Handy heraus und begann, Fotos von dem Baum zu machen.

Sie beobachtete ihn dabei und folgte ihm, während er im den Baum herumging. „Ja, du hast Recht. Aber ich werde ihnen deutlich zu verstehen geben müssen, dass ich Zeit für mich brauche."

Er schaute kurz zu ihr und sie blieb stehen, um

nicht gegen ihn zustoßen. Sie machte sich plötzlich Sorgen, ihre Zeit für das Schreiben zu bewahre. Sie war hierhergekommen, um sich dazu zu zwingen, wieder unter Leuten zu kommen. Während der vergangenen Jahre hatte sie sich immer weiter von den anderen entfernt. Und ihr war aufgefallen, dass das einfach nicht gesund war. Sie würde sich daran gewöhnen müssen, aber es würde funktionieren. Sie schaute den Baum hinauf und stieß den Atem aus.

„Das wird gut werden. Perfekt." Sie warf Trent ein Lächeln zu und sah dann wieder ihren Baum an. *Besser als perfekt...*

Während er Lilly zurück zu dem kleinen Bungalow folgte, stellte er fest, dass sie auf keinen Fall in der Lage sein würde, Plan und Budget einzuhalten. So wie sie von einem Thema zum nächsten wechselte, sah er den Albtraum der nächsten Monate schon vor seinem inneren Auge. In einem Moment würde sie die Küche auf der Nordseite des Baumhauses haben wollen; im nächsten Moment würde sie alles genau entgegengesetzt planen. Das würde ihm ganz sicher Kopfschmerzen bereiten. Er sollte ihr sagen, dass er diesen Job nicht tun konnte. Er sollte einfach gehen.

Doch das würde er nicht tun. Er wusste, wie sehr Olivia und BJ wollten, dass Lilly versuchte, sich hier niederzulassen. Wenn er nicht dazu beitrug sie hier zu halten, wären sie sicher wütend auf ihn. Oh, sie würden darüber hinweg kommen, doch auf gar keinen Fall würde er sie enttäuschen wollen. Außerdem sagte ihm etwas tief in seinem Innern, das Lilly einfach hier sein musste. Sie mochte es noch nicht wissen, doch er spürte, dass es stimmte.

Seine einzige Hoffnung war, dass sie ihre allmächtige Deadline so wichtig nahm, wie sie vorgab. Falls das so war, würde sie ihn vielleicht zwischen ihrem Sich-Verkriechen und dem Vorsatz, ihre Familie wieder besser Kennenzulernen, allein und seine Arbeit erledigen lassen.

Darauf zählte er. Auf ihren sehr sportlichen Zeitplan.

„Hast du jetzt Zeit, die Pläne zu besprechen? Oder

hast du heute Abend Zeit, damit wir uns daran setzen können? Je früher, desto besser."

Sie verschwendete keine Zeit. „Hör mal, es ist Zeit zum Abendessen und du musst müde vom Fahren sein. Wie wäre es, wenn wir die Straße hinunter zu Shrimp Shack gehen – du bist auf dem Weg hierher daran vorbeigefahren. Wir können auf der Terrasse essen, entspannen und Pläne diskutieren? Ich werde mein Skizzenbuch mitbringen und wir können mit Details anfangen. Rein geschäftlich."

„Ich habe ein bisschen Hunger. Ich kann mich morgen hier einrichten, also los geht's."

„Du wirst heute Abend hier bleiben? Ich bin mir sicher, dass BJ und Olivia dich gern bei sich übernachten lassen."

„Nein, ich werde in meinem Anhänger schlafen und mich morgen in dem Bungalow einrichten."

Er bedrängte sie nicht. „Okay, wenn du willst, dann kannst du dich auf mein Bike setzen und wir fahren los. Wir können bei meinem Haus halten und dann meinen Truck nehmen –"

„Oder auch nicht. Ich will auf der Harley fahren", sagte sie und schaute ihn überrascht an. „Meinetwegen brauchen wir den Truck nicht."

„Bist du sicher?"

„Oh ja, darauf kannst du wetten." Sie ging mit großen Schritten zur Harley und machte eine Handbewegung in Richtung des Motorrads. „Nach dir."

Er grinste und schwang ein Bein hinüber, nahm das Motorrad vom Ständer und wartete, bis sie sich hinter ihn gesetzt hatte. Er war nicht darauf vorbereitet, wie das Adrenalin durch ihn hindurchfuhr, als sie ihre Arme um seine Taille legte und sich festhielt. Wärme machte sich in seiner Magengrube breit und sein Puls raste.

„Halt dich fest", warnte er und dann schossen sie aus der Auffahrt und die gewundene Straße entlang.

Die ganze Zeit über pochte sein Herz heftig, denn er spürte, wie sich ihre weichen Kurven gegen seinen Rücken pressten.

Kompliziert?

Das hier war an allen Ecken und Enden kompliziert.

Das Shrimp Shack war eine Hütte direkt am Strand.

„Von außen macht es nicht viel her, aber die Schrimps sind frisch und die besten, die du bekommen kannst."

„Großartig." Lilly schaute sich in dem kleinen Laden mit hellen Farben um und war froh, dass sie etwas anderes hatte, worauf sie sich konzentrieren konnte. Sie hatte dem Mann, um den sie ihre Arme auf dem Weg den Berg hinunter gelegt hatte, viel zu viel Interesse gegenüber gebracht. Jede einzelne Faser ihres Körpers hatte die Tatsache, dass sie sich eng ihn gepresst hatte, mehr als bejubelt. Es war eine wilde Auseinandersetzung in ihrem Kopf gewesen, sich selbst einzureden, dass sie die Finger von dem attraktiven Baumhausbauer lassen sollte. Sie hatte sich zudem nachdrücklich daran erinnern müssen, dass er ihr Schwager war und dass es irgendeine Art von Tabu im Zusammenhang damit geben musste, sich auf den

Mann zu stürzen, der jetzt durch Heirat mit ihr verwandt war.

Der Konflikt der gesamten Situation ließ in ihrem Kopf Ideen für die Geschichte entstehen… es war ein Handlungsablauf, den sie sich etwas näher anschauen musste. *In ihren Büchern näher anschauen musste. Nicht im realen Leben. Nicht mit Trent.*

Egal wie sexy der Mann war, sie war nicht daran interessiert, ihr Leben für noch mehr Schmerz und Leid zu öffnen. Sie war schließlich hierhergekommen, um ihren Bruder wieder besser kennenzulernen. Und seine Frau. Das war schon genug, um möglichem emotionalem Schmerz gegenüber offen zu sein.

Sie hatte bereits entschieden, dass sie das tun würde. Versuchen würde sich zu zwingen, wieder eine Verbindung aufzubauen. Aber nach dem schrecklichen Verlust ihrer Eltern war dies das erste Mal. Und es gab keine Garantie, dass sie es schaffen würde.

Das Baumhaus war Teil ihres Plans, sich selbst auf diese Vorstellung einzulassen. Sie hatte immer davon geträumt, in einem Baumhaus zu leben. Diesen Traum zu erfüllen, würde helfen, dass sie dabei blieb.

Sie wusste nur nicht, ob ihr Herz dazu in der Lage wäre.

„Was willst du haben?"

Sie kaute auf ihrer Lippe und überlegte wie sie all die Ängste, die sie gerade empfand, in der Geschichte verarbeiten konnte, an der sie schrieb.

„Lilly, klopf, klopf. Bist du da? Weißt du, was du willst?"

Sie erschrak, als Trent ihren Arm berührte. Erst da bemerkte sie, dass er mit ihr gesprochen hatte. „Oh, sorry", sagte sie, gerade als ihr Magen wie ein Löwe knurrte, was die junge Frau hinter dem Tresen Grinsen ließ. „Ich schätze, ich bin so hungrig, dass mein Gehör nicht mehr richtig funktioniert."

Trent kicherte. „Hier ist der Ort, um deinen Magen zu füllen und ihn glücklich zu machen. Lisa kann dir bestimmt helfen."

„Das kann ich. Schieß einfach los, wenn du bereit bist. Unsere Po'boy-Sandwiches sind erstklassig. Und die Shrimps werden auch gern genommen." Das Mädchen lächelte Lilly kurz an, dann wandte sie ihren schmachtenden Blick wieder Trent zu. „Du nimmst das

Übliche, Trent?"

Lilly warf ihm einen Seitenblick zu, als er Lisa anlächelte. „Ja. Ich kann dem Po'boy-Sandwich einfach nicht widerstehen."

Lisa nickte und klimperte mit den Augen. Lilly konnte das Herz des armen Mädchens vor lauter Bewunderung regelrecht schlagen hören. *Wer konnte es ihr vorwerfen?*

„Dann nehme ich das, was er nimmt. Wenn er es so gern isst, muss es gut sein."

Lisa nickte. „Du wirst nicht enttäuscht sein. Ich gebe die Bestellung auf und sie werden es euch bringen. Setzt euch und nehmt euch eure Getränke von dort drüben."

„Danke, Lisa. Du machst einen großartigen Job."

„Danke. Ich versuche es. Ich liebe diesen Job."

Lilly verbarg ihr Lächeln. Sie hatte das Gefühl, dass Trent oft zum Essen herkam, weil er hier in der Nähe wohnte. Das war ein Bonus bei dem Job, den das Mädchen offensichtlich besonders toll fand.

Sie nahmen sich zwei Softdrinks und Trent hielt ihr die Tür auf. Sie streifte ihn und wurde von ihrem beschleunigten Puls sofort daran erinnert, dass nicht nur das Mädchen sondern auch sie ihren Vertragspartner sehr bewusst wahrnahm.

„Trent! Hey Bruder, komm hierher", rief ein gutaussehender Typ von einem grünen Campingtisch am Geländer aus. Er hatte dunkle, kurze Haare, die ein Auge beinahe bedeckten, und ein Lächeln, von dem sie sicher war, dass es Herzen brechen konnte. Er winkte sie herbei.

„Jake, was machst du denn hier?" Trent ging voran.

Er stand auf, als sie ihn erreichten, und lächelte sie. „Hi, ich bin Jake. Sein Bruder. Ich glaube nicht, dass ich bereits das Vergnügen hatte, dich kennenzulernen." Er streckte seine Hand aus. „Ich war fast fertig mit meinen Shrimps und jetzt bin ich froh, dass ich langsam gegessen habe."

„Das ist Lilly, BJs Schwester." Trent setzte sich ihm gegenüber und sie tat dasselbe, während Jake wieder platznahm.

„Ohne Witz?"

Ein junger Mann kam heraus und stellte zwei

Teller mit Essen vor ihnen auf den Tisch. Dann ging er wieder hinein, nachdem er ihnen gesagt hatte, sie sollten rufen, wenn sie noch irgendetwas brauchten.

„Du bist als die langverschollene Schwester, die in den Bäumen lebt." Er grinste.

„Jau, das bin ich." Sie lachte.

Trent zwinkerte ihr zu.

Ihr wurde klar, dass er ihr die Möglichkeit gab, für sich selbst zu sprechen, anstatt mehr zu sagen, als sie es womöglich selbst getan hätte. „Ich bin gerade erst in die Stadt gezogen. Ich habe das Grundstück ganz oben auf dem Berg gekauft. In den Bäumen."

Er grinste. „Ich habe BJ vorhin getroffen. Er hat nichts davon erzählt, dass du in der Stadt bist."

„Ich habe es ihm noch nicht gesagt. Ich werde es ihm morgen sagen."

„Er wird überrascht sein."

„Ja. Ich hoffe, du wirst mir die Überraschung nicht vermasseln und es ihm oder Olivia gegenüber erwähnen."

„Klar. Deine Überraschung ist bei mir sicher. Außerdem steht morgen ein ganztägiger Tauchausflug an, daher wird das Geheimnis gelüftet sein, wenn ich wieder zurück in der Stadt bin."

„Oh, dir gehört der Tauchshop. BJ hat mir erzählt, dass einer von euch einen Tauchshop hat. Ich konnte mich nur nicht mehr erinnern, wer."

„Das bin ich. Mir gefällt die Arbeit sehr. Auch wenn ich keinen meiner Brüder davon überzeugen kann, in meinem Geschäft mit einzusteigen." Er warf Trent einen neckenden Blick zu und schaute dann spekulierend von Trent zu ihr. „Also, was bringt euch beide dazu, gemeinsam Essen zu gehen?"

„Trent ist mein Nachbar und er hat gerade versprochen, ein Baumhaus für mich zu bauen."

„Ohne Witz? Du lässt Trent ein Baumhaus für dich dort oben auf dem Berg bauen?" In seinen Worten schwang Ungläubigkeit mit.

Sie nickte. „Es wird großartig werden." Sie nahm ihr Sandwich und biss hinein.

Er pfiff leise. „Das werde ich mir ansehen müssen. Ein Baumhaus auf einem großen Hügel. Cool."

Trent legte sein Sandwich wieder auf den Teller und nahm eine Pommes. „Wir werden ein paar Skizzen anfertigen und schauen, wie es ihr gefällt. Ich quetsche das Baumhaus zwischen zwei andere Aufträge."

„Das klingt nach einem Plan. Du gibst also deine Arbeit in den Parks auf?"

„Ich habe sie eigentlich schon aufgegeben. Ich habe seit Jahren die Hälfte der Zeit geschrieben und konzentriere mich seit über einem Jahr nun vollständig darauf."

„Du schreibst? Was?"

„Als würdest du dich damit auskennen", sagte Trent und sie hörte den stichelnden Unterton in seiner Stimme.

„Hey, ich lese. Ich mag John Grisham."

„Ich schreibe Liebesgeschichten. Und ich bin dabei, mit ein paar Kriminalromanen zu beginnen. Meine Charaktere sind allerdings nicht so ruhig, cool und gefasst wie die von John Grisham."

„Wenn du die Spitze dieses Berges gekauft hast, müssen sie es offensichtlich nicht sein."

Sie lächelte. „Für mich funktionieren sie hervorragend." Sie dachte darüber nach, während sie nach draußen über den weißen Sand bis zu dem blauen

Wasser, das in zeitloser Bewegung hereinrollte und sich wieder zurückzog, blickte. Ihre Bücher liefen besser als gut und sie war noch immer erstaunt darüber, wie gern die Leute ihre Geschichten lasen. Noch schockierender fand sie, dass sie über Liebe schreiben konnte, obwohl sich ihr eigenes Herz in der Nacht, in der sie ihre Eltern verloren hatte, vor der Liebe verschlossen hatte. Diese kalte, schreckliche Nacht hatte ihr klar gemacht, wie sehr es wehtat, zu lieben und zu verlieren.

Dass sie auf eine Art über Liebe schreiben konnte, die die Herzen der Menschen berührte, verblüffte sie zuweilen. Andererseits war die Liebe in ihren Büchern ein Fantasieprodukt. Sie war verlässlich. Und in ihren Büchern ging immer alles gut aus.

Im echten Leben war das nicht immer so. Und vielleicht war sie deswegen so gut in dem, was sie tat… etwas vorzugeben, war viel leichter als die Wahrheit. Manche Menschen glaubten, dass die Liebe das Risiko des Verlusts wert war.

Sie glaubte das nicht. Nicht mehr. Daher würde sie

sich ans Schreiben halten. An das Erschaffen von Geschichten, deren Ausgang sie kontrollieren konnte. Sie schrieb Happy Ends, die sie selbst und ihre Leser zum Lächeln brachte.

Ja, sie war hergekommen, um in Windswept Bay ein neues Leben zu beginnen… um näher bei BJ zu sein. Weil sie endlich soweit war, sich ihm wieder zu öffnen, ihm wieder nah zu sein. Doch um den Großteil ihres Herzens würde sie die Schutzmauern aufrechterhalten. Mauern, die niemand durchdringen konnte.

„Na gut, ich muss los. Hat mich gefreut, dich kennenzulernen, Baummädel." Jake zwinkerte ihr zu, was sie zum Lächeln brachte.

„Hat mich auch gefreut, dich kennenzulernen. Komm jederzeit mal vorbei, und schau dir das Haus an."

„Werde ich. Bis später, Trent."

Sie sah ihm hinterher, als er von der Terrasse zu seinem Truck ging.

„Er ist nett. Auch wenn ihr euch alle nicht

wirklich ähnlich seht", stellte sie fest.

„Er und sein Bruder Max sind nicht unsere leiblichen Brüder. Sie waren unsere besten Freunde. Als ihre Eltern starben, haben sie bei uns gewohnt. Später haben Mom und Dad sie adoptiert. Wir stehen uns alle wirklich nahe."

Die Tatsache, dass Jake und Max ihre Eltern verloren hatten, weckte ihre Aufmerksamkeit. „Sie haben ihre Eltern verloren?"

„Ja. Es war eine wirklich schwierige Zeit."

„Wie?"

„Ein Autounfall. Jake und Max waren grade bei uns, als es passierte. Es war schlimm."

„Das tut mir Leid für sie."

„Mir auch. Aber, na ja, du weißt schon, sie haben ihren Frieden damit geschlossen. Es braucht einfach Zeit."

Sie zwang sich zu einem Lächeln. „Freut mich, dass ihr euch alle so nahesteht."

Er lächelte sie an und aß eine Pommes. „Also lass uns über dein Haus reden."

„Ja, los geht's." Sie konzentrierte sich wieder auf ihr Baumhaus und lächelte. Der bloße Gedanke an ihr einzigartiges Wohnquartier hob ihre Stimmung. „Ich weiß, dass es fantastisch wird."

Und das würde es. Hierherzukommen würde fantastisch werden.

Sie musste nur im Blick behalten, weshalb sie hergekommen war.

KAPITEL VIER

Es war fast sieben Uhr, als sie wieder auf die Harley stiegen und zurück auf den Hügel fuhren. Lilly war für Trent ein kleines Mysterium. Sie hatte ohne Pause über ihr Baumhaus gesprochen und darüber, was sie sich vorstellte. Sie hatte ihn zudem aufgefordert, seine eigenen kreativen Ideen mit einzubringen. Doch dann, kurz bevor sie das Restaurant verließen, hatte ein Pärchen am Strand scheinbar ihre Aufmerksamkeit erregt und sie war ganz still geworden. Sie wirkte beinahe abgelenkt.

Sobald sie hinter ihrem Wohnwagen parkten, glitt

sie von dem Motorrad und gab ihm den Helm. „Ich freue mich auf das Baumhaus. Ich kann es kaum erwarten. Sag mir einfach, was auch immer ich tun soll, und ich bin bereit. Doch jetzt muss ich arbeiten. Etwas, woran ich den ganzen Nachmittag gearbeitet hatte, kam mir gerade im Shrimp Shack wieder in den Sinn und ich muss das schnell in meinen Computer tippen."

„Klar. Wir haben einen groben Entwurf und ich werde ihn ausarbeiten und dir morgen zeigen."

„Großartig." Sie ging rückwärts auf das blaue Ei zu.

„Du wirst hier oben klarkommen? Soll ich dir dabei helfen, irgendetwas einzurichten?"

„Danke, aber ich komme klar. Ich richte mich seit Jahren auf Campingplätzen ein. Außerdem werde ich morgen in den Bungalow ziehen. Ich freue mich darauf, meinen Arbeitsplatz nach dort drinnen zu verlegen."

Er lachte, als sie gegen den Wohnanhänger stieß und ihn angrinste.

„Tut mir leid. Ich bin abgelenkt, wenn ich

anfange, über etwas Gutes in meinem Buch nachzudenken."

„Sieht ganz so aus. Alles klar, wir sprechen und morgen."

Sie winkte ihm, zog die knarrende Metalltür auf und ging mit geducktem Kopf in den Innenbereich des blauen Eis.

Das war anders. Er konnte sich nur vorstellen, wie froh sie sein musste, aus diesem Ding herauszukommen. Und sie hatte seit Jahren darin gelebt. Das war schon was.

Sie war eine Frau, die nicht viel brauchte.

Nope, darüber gab es keinen Zweifel: Lilly McCall war einzigartig.

Er fuhr nach Hause und parkte die Knucklehead in seiner Garage. Dann schloss er das Tor und betrat sein Haus. Er hängte seinen Schlüssel an den Schlüsselhalter neben der Hintertür und ging gedankenverloren in die Küche, wo er sich eine Flasche Wasser aus dem Kühlschrank nahm. Als er sie öffnete, schaute er sich in seinem ziemlich geräumigen Zuhause um und dachte an Lilly und ihr blaues Ei. *Sie brauchte Platz.* Er ging den Flur entlang in sein kleines Büro – sein Büro war wahrscheinlich größer als der gesamte Raum, in dem sie gerade zusammengepfercht war.

Der Gedanke an sie ließ ihn lächeln, während er seinen Computer anschaltete. Eine Sache war absolut klar: Dieses Projekt würde nicht langweilig werden.

Seitdem er aus seinem Dienst bei den Navy SEALs entlassen worden war, hatte er an Bauaufträgen gearbeitet. Ihm gefiel es, mit seinen Händen zu arbeiten, und besonders mochte er es, sich einen Baum vorzunehmen und einen einzigartigen Lebensraum um die Äste herum zu erschaffen.

Seine Schwestern hatten ihn gefragt, ob er den Bauauftrag für das Windswept Bay Resort übernehmen würde, als sie entschieden hatten, es weiterzuführen, nachdem ihre Eltern in Rente gegangen waren. Glücklicherweise hatten seine Schwestern Verständnis, als er abgelehnt hatte, und ihn nicht weiter bedrängt. Es wäre ein langwieriges Projekt geworden, was möglicherweise länger als ein Jahr dauern konnte. Es war ein Auftrag von immenser Größe und sie hatten einen wirklich guten Kerl gefunden, der schließlich den Job übernommen hat.

Er wollte einfach keine großen, ausufernden Projekte. Er wollte kleine Aufträge und Baumhäuser waren seine Leidenschaft. Und er war ganz zufällig dazu gekommen, als ein Kunde, für den er ein Badezimmer auf seiner Ranch umgebaut hatte, beschlossen hatte, dass er ein Gästehaus in einem Baum gebaut haben wollte. Er hatte Trent gebeten, dies zu bauen, und so hatte er seine Leidenschaft für Baumhäuser entwickelt.

Er öffnete sein Zeichenprogramm und begann, zu arbeiten.

Er hatte darüber nachgedacht, das Geschäft zu erweitern und tatsächlich Werbung für das zu machen, was bisher noch ein Hobby war. Er war sich nur nicht sicher, ob die Nachfrage tatsächlich groß genug wäre.

Die Baumhäuser, die er bisher gebaut hatte, lagen in einer Preisspanne von ohne Schnickschnack Minimalhäusern bis hin zu extravaganten, gewerblichen Unterkünften, die als Bed and Breakfast genutzt wurden. Die Preisspanne ging von 25.000 bis zu seinem teuersten Modell, das etwa 300.000 kostet hatte. Für diesen Job hatte er sechs Monate gebraucht. Doch Lilly brauchte bald etwas, daher hoffte er, das mittlere Preissegment wäre okay für sie. Es würde zu ihrer knappen Deadline passen müssen, und, so wie er sie kennengelernt hatte, war sie sicher damit zufrieden.

Er dachte über sie nach. Sie wollte es hübsch. Sie wollte, was auch immer er innerhalb des Baumes als einzigartig und kreativ empfand und was ihr einen Blick auf das Meer ermöglichte. Sie wollte nichts Extravagantes, aber Einzigartiges, und er war entschlossen, ihr das zu geben. Das versuchte er für all seine Kunden.

Die Ideen begannen, zu fließen, als er mit der Arbeit begann. Es würde einzigartig werden, so wie Lilly es war.

Skurril. Kreativ. Abgelenkt. Ablenkend. Wunderschön. Kurvig, weiblich, süß... Lilly.

Lilly drückte die Tasten ihrer Tastatur mit einem lauten, klickenden Geräusch. Die Worte waren aus ihr geflossen und sie hatte den Großteil der Nacht geschrieben. Sie liebte es, wenn die Worte einfach so kamen. Bei diesem Tempo würde sie die Geschichte in Rekordzeit beenden. Ihre Schultern schmerzten und ihr Kopf pochte ein wenig. Ein Klopfen an ihrer Tür brachte sie aus dem Konzept und aus dem Schreib-Flow. Nicht, dass sie nicht in der Lage wäre, direkt wieder in die Geschichte einzutauchen. Sie hätte ansonsten nie etwas mit ihrem Schreiben erreicht. Aber nun hatte sie einen Lauf und sie hatte gehofft, etwas Frieden und Ruhe zum Arbeiten zu finden, wenn sie sich hier oben auf dem Hügel versteckte.

Sie runzelte die Stirn, als es erneut klopfte.

„Lilly, bist du da drin?"

Trent. Sie schaute kurz auf ihre Uhr und keuchte. Es war elf. Das letzte Mal, als sie nachgesehen hatte, war es sechs Uhr morgens gewesen. Da wurde ihr klar, dass sie eine Badezimmerpause einlegen musste. „Bin gleich da!" Sie sprang auf und schlug mit dem Kopf gegen den Schrank über dem winzigen, ausklappbaren Tisch, der als ihr Schreibtisch fungierte. Sie rieb sich den Kopf und zog die Tür zu dem winzigen

Badezimmer auf. Es war nicht viel größer als das in einem Flugzeug. Sie quetschte sich hinein. Das war der Teil ihres winzigen Zuhauses, den sie am wenigsten mochte. Und sie musste zugeben, dass sie, jetzt wo ihr mehr Platz in Aussicht stand, mehr als bereit war, ihr kleines Zuhause in den Ruhestand zu entlassen und es gegen eines mit einem normal großen Badezimmer zu tauschen. Kurze Zeit später, nachdem sie Zähne geputzt und ihre Locken gebürstet hatte, gab sie zu, dass bei der wild aussehenden Frau im Spiegel nur noch eine Dusche helfen konnte. Daher nahm sie sich eine Wasserflasche aus dem kleinen, alten Kühlschrank und öffnete die Tür, wobei sie ignorierte, wie schlecht sie aussah. Trent stand mit dem Rücken zur Tür, während er über die Lichtung in Richtung des Baumes starrte, der über den anderen in der Ferne herausragte. *Ihr Baum.*

Als er sich zu ihr umdrehte, wurde sie sofort daran erinnert, was für ein gutaussehender Mann er war. Ihr Herzschlag beschleunigte sich und ließ sie wissen, dass die Anziehung von gestern auch heute noch stark war. Sie ignorierte es sofort. Hier ging es um ein Baumhaus und das war's.

„Sorry, ich habe gearbeitet und musste mich um ein paar Sachen kümmern. Guten Morgen." Sie hoffte, dass sie ihn nicht verschreckte, doch so wie sich seine Augen weiteten, wusste sie, dass ihr Aussehen ihn überraschte.

„Hast du die ganze Nacht geschrieben?"

Sie nahm einen großen Schluck aus der Flasche und nickte. „Ich habe einen Lauf. Die Geschichte läuft großartig und wenn das passiert, versuche ich, so lange zu arbeiten, wie die Worte fließen. Das ist einer der Gründe warum ich mit meiner Arbeit für den Park aufgehört habe: damit ich mich dem Schreibfluss hingeben kann, wenn er auftaucht. Mir gefiel meine Arbeit in den Nationalparks sehr und als ich das Einkommen nicht länger brauchte, war ich froh, einfach freiwillig zu helfen. Aber ich habe das letzte Jahr, in dem ich mich nur in mein Schreiben vertieft habe, wirklich genossen."

„Ich kann nicht sehen, dass das auf lange Sicht gut für dich ist."

Sie verkniff sich einen Kommentar, dass ihn das

nichts anging. „Ich kriege meinen Schlaf, wenn ich will." Sie sah sich in dem Wäldchen um sie herum um und schaute dann zu dem kleinen Bungalow. „Ich ziehe aber heute dort ein. Ich habe genug von der Enge."

Er nahm ihren winzigen Wohnanhänger mit skeptischem Blick unter die Lupe. „Ich kann mir nicht vorstellen, in diesem winzigen Raum für mehr als ein kurzes Wochenende zu leben."

„Ich habe es getan. Du musst bedenken, dass ich all den Outdoor-Kram aus meinem Truck hole und ein Wohnzimmer im Freien einrichte. Und während ich in den Parks gearbeitet habe, gab es dort Lodges und Orte, an denen ich mich aufhalten konnte, sodass ich ihn vor allem als Schlafquartier genutzt habe. Und manchmal gibt es Schlafquartiere bei den Jobs, wenn ich möchte. Wie im Yosemite Park. Ich habe in einer ihrer kleinen Wohnungen mit einer Mitbewohnerin gewohnt, die sie mir zugeteilt haben."

„Es muss dir sehr gefallen haben."

Sie dachte darüber nach und auch daran, wie es sie an ihren Dad erinnerte und wie sie sich ihm nahe fühlte. Sie erinnerte sich daran, als sie den Sommer als Familie arbeitend im Bahia Honda State Park auf den Keys verbracht hatten. Dies war eine ihrer schönsten Erinnerungen. Es hatte ihr zudem die Möglichkeit gegeben, sich frei zu fühlen.

„Das tat es. Es hat seinen Zweck erfüllt."

„Verstehe. Nun, ich habe deine Pläne für das Baumhaus, wenn du ein Blick darauf werfen willst?"

„Oh, ich kann es kaum erwarten. Ich würde dich hier hereinbitten, um es mir zu zeigen, aber dann würden wir uns fühlen wir in einer Sardinenbüchse."

„Ist okay. Ich nutze die Ladeklappe meines Trucks." Er ging mit zu seinem Truck und zog die Ladeklappe herunter. Er legte seine Papiere darauf und Lilly kam näher, um es sich anzuschauen.

Ihr Arm streifte seinen. Ein Schauer ging durch sie hindurch und lenkte sie für einen Augenblick ab. Doch dann sah sie seine Zeichnungen.

Sie keuchte. „Oh Trent, ich liebe es." Dort waren etwa anderthalb Meter Treppen, die zu einem Fußweg führten, der sich durch ein paar Bäume schlängelte, und dann mehr Treppen, die zu einem kürzeren

Fußweg hinauf führten und dann ein paar mehr Stufen, die hoch zum Treppenabsatz des Baumhauses führten. Auf der Seite war eine Notiz für den Klempner, dass die Wasserrohre an der Seite des Treppenabsatzes entlang und hoch zum Baumhaus führen würden. Die Fassade sah wie Glas und Holz aus mit einer Doppeltür auf die Terrasse. Der Innenraum war offen und es gab ein Badezimmer und ein Schlafzimmer mit ordentlicher Größe und die Küche und das Wohnzimmer waren mit einander verbunden. Es passte alles wundervoll.

„Du bist ein Genie. Es ist wunderschön. Jetzt verstehe ich, warum du gestern so viele Fotos geschossen hast. Es ist wunderschön, aber zugleich verspielt… mir gefällt, wie es sich um den Baum windet und das Büro auf der zweiten Etage ist perfekt." Dieses Mal konnte sie sich nicht zurückhalten und umarmte ihn. „Danke. Ich freue mich wahnsinnig darüber."

Erst nachdem sie ihre Arme fest um ihn geschlungen hatte, bemerkte sie, was sie da tat. Sie trat schnell zurück und versuchte, das Flattern der

Schmetterlinge zu ignorieren.

„Ich bin froh, dass es dir gefällt. Ich muss morgen einen Job abschließen und dann werde ich damit beginnen. Wie klingt das?"

„Absolut fantastisch. Und jetzt ziehe ich mich besser um und fahre los, um BJ und Olivia zu finden. Ich hoffe, BJ ist nicht bereits mit seinem Boot unterwegs, damit ich ihm sagen kann, dass ich in die Stadt gezogen bin."

„Er wird sich freuen. Er arbeitet ganz nach Bedarf mit seinen Angeltouren, daher erwischt du ihn vielleicht erst später am Tag."

„Wenn das der Fall ist, werde ich den Bungalow aufschließen, den Wohnwagen abkoppeln und ein paar Möbelstücke kaufen, wenn dort drinnen nichts ist. Sie sollten den Bungalow saubermachen, aber ich habe mich nicht erkundigt, ob sich Möbel da drinnen befinden."

„Also hast du noch nicht einmal reingeschaut?", fragte er ungläubig.

„Nein. Ich wollte es, aber dann hab ich mich ans Schreiben gemacht und habe es verschoben." Sie ging los in Richtung Bungalow, griff hinter das Außenlicht neben der Tür und zog einen Schlüssel hervor. „Genau dort, wo die Maklerin mir gesagt hatte, dass er sein würde.“

„Also diese Schreibsache – verschiebst du alles für dein Schreiben?“

Sie steckte den Schlüssel ins Schloss und drehte ihn um, während sie ihm antwortete: „Das ist es, was ich liebe.“ Das genügte als Antwort. In ihrem Leben gab es sonst nichts, das sie auf ähnliche Weise anzog.

Sie drückte die Tür auf und der Zitronenduft von Möbelpolitur hieß sie willkommen. Sie atmete tief ein. „Ich bin definitiv bereit, mich hier auszubreiten.“

Er kicherte und folgte ihr hinein. „Es sieht wirklich sauber aus. Und du hast Möbel. Zumindest etwas für den Anfang.“

Sie schaute zu der kleinen, braunen Couch, den braunen Stühlen und dem braunen Holztisch. „Ja, *braune* Möbel.“ Sie lachte und ihr Blick traf seine lächelnden Augen.

„Nun, das wollte ich nicht so betonen. Aber jetzt, da du es erwähnst, glaube ich, dass sie von der Farbe

Braun wirklich fasziniert waren."

„Aber davon abgesehen ist es im Vergleich zu meinem Wohnwagen ein Palast", sagte sie beschwingt. „Ich werde meinen Truck ausräumen und dann in die Stadt fahren, um ein paar Dinge zu holen, die ich brauche. Und hoffentlich BJ sehen. Ich will wirklich nicht, dass er es von irgendjemand anderem erfährt. Vielleicht schaue ich beim Resort vorbei, um zu sehen, ob Olivia bei der Arbeit ist."

„Ich bin mir sicher, dass sie das ist. Ich habe ein wenig Zeit – lass mich dir beim Ausladen deines Trucks helfen." Er ging zurück durch die Tür und sie folgte ihm, während er mit großen Schritten auf ihren Truck zuging.

„Das meiste ist für draußen", sagte sie, auch wenn es offensichtlich war. „Ich werde nicht länger als ein paar Minuten brauchen, um das auszuräumen."

Er zog die Ladeklappe runter. „Sogar noch weniger Zeit, wenn ich helfe. Dann kannst du früher in die Stadt fahren."

„Du hast Recht. Danke." Sie musste sich beeilen. Sie wollte BJ finden. Es war so lange her, dass sie Zeit miteinander verbracht hatten. Innerhalb weniger Augenblicke hatten sie die Sachen zum draußen Sitzen entladen und sie zusammen mit dem Tisch und Schirm an der Seite des Bungalows aufgestellt. Er hob ihr Fahrrad von der Ladefläche und stellte es auf die Veranda neben die Tür.

Sobald das erledigt war, sah er sich um und nickte zustimmend. „Siehst du? Es hat nicht lange gedauert. Ich fahre jetzt los."

„Danke. Für alles."

„Das wird Spaß machen. Ich freue mich darauf. Und du wirst ziemlich gut eingerichtet sein, bis das Baumhaus gebaut ist. Oh, und nur, um dich zu warnen: Ich bin mir sicher, dass es eine Familienzusammenkunft geben wir, um dich in Windswept Bay willkommen zu heißen, wenn Mom und Dad herausfinden, dass du in der Stadt bist."

Familienzusammenkunft. „Oh, okay."

Er musterte sie. „Alle werden begierig darauf sein, dich kennenzulernen und dich in der Familie willkommen zu heißen."

„Aber ich gehöre nicht zur Familie."

„Du bist BJs Schwester, daher macht dich das zum Teil der Familie. Mom legt großen Wert darauf. Du wirst es sehen."

Sie verbarg ihr Entsetzen, als sie ihn wenige Augenblicke später zuwinkte und zusah, wie er davonfuhr. An der Stelle würde es knifflig werden, sich zurückzuhalten. Aber es war nicht so, als wären sie ihre echte Familie. Die hatte sie verloren. Nichts würde jemals so sein.

Daher musste sie sich wirklich nicht viele Sorgen machen. *Richtig?*

Der Teil, der für ihr Herz wirklich schwer werden würde, war es, sich zu erlauben, sich BJ gegenüber zu öffnen.

Das war der Teil, über den sie sich noch immer nicht ganz sicher war. Aber sie musste es versuchen.

KAPITEL FÜNF

Später fuhr Lilly in die Stadt und ging direkt zum Anleger. Sie hatte Glück, denn während sie dort stand, sah sie sein Boot in die Bucht einfahren. Aufregung erfüllte sie, als sie die vertraute Gestalt ihres Bruders am Steuerrad sah. Es waren etwa fünf anderen auf dem Boot, eine Gruppe, die er zum Tiefseefischen mit rausgenommen hatte. Sie war sich sicher, dass sie jede Menge gefangen hatten, denn BJ war sehr gut in dem, was er tat. Er liebte es. Diese Liebe hatte er von ihrem Dad. *Oh, wie gern er auf dem Wasser gewesen war.*

Sie legte ihre Hände in ihre Hüften und sah zu, wie das Boot näherkam. Sie trug abgeschnittene Jeans und eine Baseballmütze und hatte ihre Massen an Locken zu einem dicken Pferdeschwanz zusammengebunden. Auf keinen Fall würde er sie erkennen, ehe er angedockt hätte. Und während er näherkam, musste sie sich beherrschen nicht auf- und abzuspringen und ihm zuzuwinken. Ihr war bis jetzt nicht klar gewesen, wie sehr sie ihn vermisst hatte.

Als er das Boot an seinen Platz manövriert hatte, schaltete er den Motor aus und einer der Männer vertäute es am Anleger. Alle plauderten und lachten, während sie vom Boot stiegen, und sie beobachtete das vertraute Ritual, als sie begannen, den Fang des Tages zu entladen. BJ sah großartig aus. Ihn lächeln und glücklich zu sehen, zog mit einem Ruck an den Saiten ihres Herzens und plötzlich fragte sie sich, warum sie sich so lange von ihm ferngehalten hatte.

Sie konnte sich nicht länger zurückhalten und lief nach vorn, sobald er die Hände der Männer geschüttelt und ihnen versichert hatte, dass er sich um das Säubern ihrer Fische kümmern und sie zu ihnen nach Hause schicken würde.

„BJ", rief sie und er drehte sich um. Sein überraschter Gesichtsausdruck verriet ihr, dass er ihre Stimme erkannt hatte, noch bevor er sie sah.

„Lilly." Er eilte zu ihr, legte seine Arme um sie und schwang sie herum. „Ich habe dich vermisst, kleine Schwester."

Seine Umarmung war warm und stark und schickte Wellen der Liebe durch sie hindurch. „Es ist so schön, dich zu sehen, BJ." Sie hielt ihn weiterhin fest. Sie lachte und Tränen traten ihr in die Augen.

„Ich wusste nicht, dass du kommst", sagte er.

„Ich weiß. Ich wollte es dir erst erzählen, wenn ich da bin. Du kennst mich."

„Ja, tue ich. Aber du hättest es mir sagen sollen. Ich muss Olivia anrufen. Sie wird sich so freuen. Wie geht es dir?" Er stellte sie zurück auf den Boden, aber hielt ihre Arme weiterhin fest, während er sie musterte. Sorge zeigte sich auf seinem Gesicht.

„Mir geht es gut. Ich habe eine Überraschung für dich."

Er grinste. „Oh ja, was denn? Ziehst du nach

Windswept Bay?" Er lachte.

„Das tue ich. Oder habe ich bereits getan."

Er wurde ruhig. „Du wohnst schon hier?"

Sie nickte. „Ich wollte dich überraschen. Daher habe ich ein Grundstück mit einem kleinen Bungalow gekauft. Ich bin gestern in die Stadt gekommen."

„Gestern – und du hast nicht angerufen? Du hast ein Grundstück gekauft?"

Sie lachte. „Schau nicht so schockiert. Ja, das habe ich getan. Nur weil ich jetzt hier bin, bedeutet das aber nicht, dass ich die Kontrolle über mein Leben abgebe", warnte sie ihn. „Ich habe mir bereits alles überlegt. Ich bin hierher gezogen, um in deiner Nähe zu sein. Mich dazu zu verpflichten, unsere Beziehung wieder aufzubauen. Ich weiß, dass mein Weggehen, nachdem Mom und Dad gestorben sind, schwer für dich war, aber ich musste es tun. Jetzt bin ich bereit, hier zu sein und meine Probleme aufzuarbeiten. Aber zu meinen Bedingungen."

Er rieb sich den Nacken, wobei sein Gesichts Anspannung zeigte. „Ich weiß, dass ihr Tod dich hart getroffen hat, Lilly. Ich kann mir nicht einmal vorstellen, was du durchgemacht hast, in diesem Auto gefangen zu sein und zu wissen, dass sie tot waren und du nicht in der Lage warst, irgendetwas daran zu ändern. Ich weiß. Und ich habe mich dazu gezwungen, dich gehenzulassen. Aber ich bin dein großer Bruder und du musst meine Perspektive verstehen. Ich habe sie auch verloren. Und dich habe ich in derselben Nacht verloren. Ich will dich zurück. Ich will dich wieder in meinem Leben haben, im Leben meiner Familie, die ich mit Olivia aufbaue."

Sie hatten diese Dinge aussprechen müssen. Das hatte sie gewusst. Gewusst, dass sie ihn verletzt hatte. Aber sie hatte auch gewusst, dass sie das hatte tun müssen. Ein Teil von ihr war in dieser Nacht bei diesem Umfall gestorben. Eine Tür war zugefallen und sie war nicht in der Lage gewesen, normale Emotionen zu empfinden. „Ich bin hier, um es zu versuchen", sagte sie sanft. „Aber ich brauche noch immer meinen Freiraum. Und ich muss dir was beichten. Ich habe seit etwa einem Jahr nicht mehr in den Parks gearbeitet."

„Hast du nicht?"

Sie schüttelte ihren Kopf und erzählte ihm von

ihrem Schreiben. Wie zu erwarten, war er überrascht und dann lächelte er.

„Das passt. Ich freue mich für dich. Ich erinnere mich daran, wie du dich regelmäßig in Geschichten verloren hast, während unserer Kindheit und Jugend. Und du konntest wirklich gute Geschichten erzählen.“

Die Erinnerung brachte sie zum Lächeln. „Ich konnte tolle Geschichten erzählen. Das ist einfach die Wahrheit.“

„Du bist also erfolgreich?“

„Das bin ich tatsächlich. Und ich liebe, was ich tue. Alles daran. Aber ich warne dich, dass ich mich in meinen Geschichten verliere und Zeit für mich brauche. Also nur weil ich jetzt hier bin, glaub nicht, dass ich die ganze Zeit mit dir zusammen bin oder Matrose auf deinem Boot werde.“

Darüber lachte er. Als sie ihre Wochen im Bahia Honda State Park verbracht hatten, hatte ihr Dad sie stets damit aufgezogen, dass sie ein wirklich guter Matrose wäre.

„Hey, ich weiß, dass du ziemlich geschickt darin bist, ein Bootsdeck zu reinigen. Vielleicht könntest du ab und zu helfen?"

Jetzt war sie an der Reihe, zu lachen. „Nope. Sorry, die Tage, in denen ich Boote gereinigt habe, liegen hinter mir. Aber es sind schöne Erinnerungen." Ihre Worte verstummten allmählich und sie dachte an sie als Familie und die guten Zeiten, die sie beim Campen auf diesem wunderschönen, himmlischen Fleck am Ende der Seven Mile Bridge in den Florida Keys gehabt hatten.

„Ja, gute Zeiten. Die besten Zeiten hatten wir dort auf der Insel." Er zog sie zurück in seine Arme. „Ich bin so froh, dass du hier bist."

Sie spürte seinen Herzschlag und legte langsam die Arme um ihren Bruder. Sie schloss ihre Augen und umarmte ihn, als sie einen Kloß in ihrem Hals spürte. „Ich auch", flüsterte sie, wobei sie heiße Tränen wegblinzelte. Sie weinte nicht, hatte seit der Nacht in diesem Auto nicht mehr geweint, als sie unzählige Tränen vergossen hatte. Dennoch brannten ihre Augen und ihr Hals schmerzte. Sie löste sich aus seinen Armen.

„Also, wo hast du was gekauft?"

„Ich habe ein tolles Grundstück gekauft. Ein wirklich großartiges Grundstück. Weißt du, wo Trent wohnt?"

Er sah verwirrt aus. „Trent? Olivias Bruder?"

Sie nickte.

„Ja, klar weiß ich das."

„Ich habe das Grundstück ganz oben auf dem Berg gekauft und ihn engagiert, mir ein Baumhaus zu bauen."

Seine Augen weiteten sich, genau wie es die von allen anderen getan hatten. „Ernsthaft?"

„Ja. Ich werde in meinem Baumhaus auf der Spitze meines Berges schreiben."

Er lachte. „Das ist fantastisch. Bei dir läuft es gut?"

„Tut es. Ich liebe, was ich tue, BJ. Ich kann in meine Bücher eintauchen und Charaktere erschaffen und sie auf eine Reise mitnehmen, um meine Leser zu unterhalten. Ich habe an einem kalten Abend auf einem verschneiten Berg aus einer Laune heraus mit dem Schreiben angefangen und konnte einfach nicht aufhören. Es gab mir etwas, das ich brauchte."

„Gut. Ich freue mich. Jetzt muss ich diese Fische säubern und verpacken und dann können wir mit Olivia zu Abend essen. Sie wird begeistert sein, dich zu sehen. So, wie ich es bin. Ich hasse es, dich warten zu lassen, aber ich muss mich um den Fang kümmern.“

„Ich weiß. Ich habe tatsächlich ein paar Besorgungen zu erledigen. Wir können uns später treffen, wenn das passt.“

„Ja, ich werde sie anrufen und dir dann eine Wegbeschreibung zum Haus geben.“

Einige Minuten später parkte sie ihren Truck auf der Hauptgeschäftsstraße und betrat einen der Läden mit bunten Dingen. Helle Farben zogen sie an und sie fand ein paar Stühle und eine Couch, von denen sie wusste, dass sie in den Bungalow passen würden. Sie hatte nicht vorgehabt, Möbel zu kaufen – die Braunen würden reichen – aber sobald sie die gelb-rot-karierten Stühle sah, konnte sie ihnen nicht widerstehen. Und dann gab es dort diese mit roten und weißen Mohnblumen überzogene Couch… ja, auch die musste mit. Sie hatte so lange in diesem winzigen Raum gelebt, ohne Platz für irgendetwas, und das freiwillig.

Aber jetzt breitete sie sich aus und brachte neben ihrer Romanliteratur etwas Farbe in ihr Leben. Als sie den Lieferanten bezahlt und den Termin für morgen früh vereinbart hatte, lächelte sie auf dem Weg nach draußen auf den Bürgersteig. Sie sah ein Café und konnte nicht widerstehen, hineinzugehen, um sich mit einer Tasse Kaffee und einer leckeren Kugel Kokos-Eis zu belohnen. Sie widerstand dem Drang, eine Packung Kaffee für Zuhause zu kaufen, und ging zurück auf den Bürgersteig, wobei sie ihre Leckereien genoss.

Windswept Bay war mit seinen hübschen Läden, seiner wunderschönen Kulisse aus blauem Meer und seiner entspannten Touristenatmosphäre etwas, von dem sie dachte, dass sie sich leicht daran gewöhnen könnte. Sie musste in den Supermarkt fahren um ein paar Dinge zu kaufen, aber sie fühlte sich zu einer Bank mit Blick auf das Meer hingezogen. Sie setzte sich und genoss ihren Kaffee und ihr Eis. Ihre Gedanken wanderten zu dem Buch, an dem sie gerade arbeitete, und sie plante einige Szenen. Als ihr Telefon klingelte, sprang sie auf. Es war BJ.

„Wie wäre es, wenn wir uns zum Abendessen mit Olivia im Resort treffen? Sie steckt dort mitten in einem großen Projekt."

„Das fände ich gut. Ich habe so viel von den Wandmalereien gehört, die Grant Ellington in dem Resort gemalt hat. Ich kann es kaum erwarten, sie zu sehen. Wir treffen uns dort."

„Klingt gut. Sie sind umwerfend. Ich bin auf dem Weg."

Sie ging gut gelaunt zu ihrem Truck. Hier zu sein, fühlte sich einfach richtig an. Sie bog in den Verkehr und fuhr die drei Blöcke zu dem wunderschönen Resort, das in Familienbesitz von BJs Frau war, seitdem ihre Großeltern es eröffnet hatten. Hier hatten sie ihre Wurzeln, die tief gingen, und auch wenn sie keine Verbindung zu dem Ort hatte außer BJ, war sie überrascht, wie sehr sie sich zu Windswept Bay hingezogen fühlte.

KAPITEL SECHS

Trent verbrachte den Nachmittag bei seinem Umbau und ging seine Liste mit Dingen durch, die er nochmal überprüfen wollte, bevor der Eigentümer kam und sein Okay für den Job gab. In Gedanken war er bereits bei seinem nächsten Auftrag, allerdings galten seine Gedanken mehr Lilly als dem eigentlichen Projekt.

Sie hatte ihn heute Morgen überhaupt nicht bemerkt, als er an ihre Tür geklopft hatte. Sie war ganz in ihre Arbeit vertieft gewesen. Bis zu einem gewissen Grad verstand er das. Denn als er angefangen hatte, an dem Baumhausentwurf zu arbeiten, hatte er sich in dem kreativen Teil verloren. Er war froh, dass ihr das, was er sich überlegt hatte, so gut gefiel.

Er konnte noch immer nicht begreifen, wie man jahrelang in einem Wohnwagen von der Größe einer Streichholzschachtel leben konnte. Er stieg gerade in seinen Truck, um loszufahren, als sein Zwillingsbruder Levi anrief.

„Hey Polizeichef", stichelte er, als er den Anruf entgegennahm. „Bist du bereit für dein heißes Date mit deiner wunderschönen Frau?"

Er hatte zugestimmt, mit seinem sechsjährigen Neffen, Kevin, Zeit zu verbringen, während Levi und Jessica zu einem Abendessen mit den Lehrern gingen.

„Kevin freut sich, dass du vorbeikommst. Er will wissen, ob du mit ihm und den Hunden zum Strand fährst."

„Klar. Ich fahre jetzt von Halberts Grundstück los und werde kurz bei mir halten, um mich umzuziehen. Ich bin innerhalb einer Stunde da. Sag ihm, er soll schon mal seinen Drachen startklar machen."

„Der wartet bereits an der Eingangstür auf dich."

Levi lachte. „Das Kind denkt an alles.“

„Er ist ein cooler Junge.“

„Das finden wir auch. Ich sag ihm, dass du kommst und seinem Plan zustimmst. Wir sehen uns gleich.“

Trent beendete den Anruf und warf das Telefon in den Becherhalter. Kevin war Teil der Familie geworden, als Levi und Jessica geheiratet hatten. Der kleine Junge war eine nicht zu leugnende Kraft, wenn es darum ging, andere um den Finger zu wickeln. Jeder in der Familie war verrückt nach ihm und seiner Mutter, Jessica, seitdem sie in Levis Leben getreten waren. Trent freute sich für seinen Zwillingsbruder und obwohl er Mauern um sein Herz gebaut hatte, hatte er das Kind sich an diesen Mauern vorbeischlängeln lassen. Er wusste, dass es gut für ihn war. Wusste, dass er sein Herz nicht für immer verstecken konnte. Wenn es um Kevin ging, ließ einem das Kind keine Wahl. Man musste sich ihm einfach öffnen.

Kevin würde aufgeregt sein wegen des Baumhauses. Er und Levi hatten Kevin ein kleines in dem Baum hinter ihrem Haus gebaut und als er weniger als eine Stunde später bei ihnen ankam, fand er ihn dort – aus dem Fenster schauend und mit einem imaginären Schwert winkend.

„Er wartet dort oben auf dich", sagte Jessica, während sie hinaus auf die Terrasse gingen. „Mach dich bereit, deinen 1,80 Meter großen Körper dort oben hinein zu quetschen, denn er hat Getränke und einen Snack für dich vorbereitet."

Levi lachte. „Viel Spaß. Wir sollten vor zehn Uhr zuhause sein."

„Er soll gegen neun im Bett liegen", fügte Jessica hinzu und umarmte Trent. „Damit habt ihr etwas mehr Zeit und er darf ein wenig länger aufbleiben. Das wird ihm gefallen. Vielen Dank."

„Jederzeit. Er ist ein tolle Junge."

Sie lachte. „Ja, ist er. Aber er hat seinen eigenen Kopf."

„Vielleicht beschließt er, dass er dich mit jemandem verkuppelt." Levi zwinkerte. „Bei mir und dieser hübschen Dame hat es funktioniert." Er zog Jessica nahe zu sich und gab ihr einen Kuss.

Trent beobachtete sie und verspürte ein Ziehen in seinem Herzen. Er freute sich, dass die beiden sich gefunden hatten.

„Kommst du hier hoch, Onkel Trent?", rief Kevin ungeduldig und alle lachten.

„Deine bewundernden Fanrufe", sagte Jessica. „Tschüss, Süßer. Hab Spaß und sei lieb zu deinem Onkel Trent."

Der Junge hatte seinen Kopf durch das Fenster gestreckt. „Ich werde brav sein. Wir werden unseren Snack essen und dann werden wir die Hunde für einen Spaziergang mit an den Strand nehmen. Stimmt's, Onkel Trent?"

„Stimmt. Wir sehen uns später." Trent ging durch den Garten zu den beiden großen Hunden, die sehnsüchtig zum Baumhaus hinauf schauten. „Hey Jungs. Keine Welpen erlaubt, aber gebt uns ein paar Minuten und wir gehen los." Er kraulte Rosco, Kevins riesigen Hund, hinter den Ohren und kraulte dann auch Levis riesigen Welpen.

„Komm schon hoch", rief Kevin, als er mit strahlenden Augen zu ihm hinunter sah.

Trent lachte, kraulte nochmal kurz die Hunde und kletterte dann die Leiter hoch. Beide Hunde winselten, als er sie zurückließ.

„Keine Sorge, Jungs", sagte Kevin ihnen zu. „In ein paar Minuten fahren wir mit euch los."

Trent steckte seinen Kopf durch die Öffnung und sah sich um. „Hey, du hast dich hier drinnen gut eingerichtet." Dort war in einer Ecke ein Klappstuhl und ein kleiner Beistelltisch, der von Jessicas Terrasse kam. Er war groß genug für zwei Pappteller.

Kevin ließ sich auf seinem kleinen blauen Stuhl nieder und grinste ihn an. Der Junge war ein kleiner Sechsjähriger, der in ein paar Monaten sieben wurde.

„Ich habe dir ein Erdnussbutter-Sandwich gemacht", sagte er stolz. „Ich dachte, wenn wir hier Abendessen, dann könnten wir ein Eis holen, wenn wir am Strand sind."

„Du hast alles durchdacht. Eis klingt hervorragend." Trent stieg von der Leiter und setzte sich im Schneidersitz auf den Holzboden. Er und Levi hatten das Baumhaus nicht groß genug gemacht, dass sie darin stehen konnten, sondern sich dafür entschieden, es an Kevins Größe anzupassen. Er nahm das halbe Sandwich und biss ab, während Kevin dasselbe tat.

„Ich habe mir überlegt, dass wir in der Ecke ein Baby-Bett bauen könnten. Was meinst du? Ich habe Mama gefragt, ob das Baby von Tante Jillian und Onkel Ryan hier hoch ins Baumhaus kommen könnte, nachdem es geboren ist, aber sie hat nein gesagt, weil es zu klein wäre und ein Baby-Bett haben müsste. Daher dachte ich mir, wenn wir ihm ein Baby-Bettchen bauen, dann kann es hier hoch kommen. Was meinst du?"

„Oh, ich glaube, dass das Baby für ein paar Jahre nicht hier oben sein sollte. Das hier ist eher für große Jungs wie dich. Für das Baby wird es das Beste sein, wenn es nahe am Boden bleibt."

„Aber ihm würde es hier oben gefallen."

„Ich glaube nicht. Außerdem würden deine Tante Jillian und deine Mutter wahrscheinlich ein wenig verrücktspielen, wenn es irgendwie in der Lage wäre, hier hoch zu kommen."

„Und das wäre nicht gut. Okay, Babys sind hier

oben nicht erlaubt.“

„Ganz genau. In ein paar Jahren kann es hier hoch kommen. Also, bist du bereit, können wir los?“

„Bin bereit. Hab alles fertig.“

Trent lächelte, während sie aus dem Baumhaus kletterten und ins Haus gingen, um ihre Sachen zu holen. Sie verschlossen die Tür, luden die Hund in seinen Truck und fuhren zum Strand, wobei Kevin auf dem Rücksitz angeschnallt war. Er schaute in den Rückspiegel und lächelte das Kind mit den strahlenden Augen an. Während der gesamten Fahrt zum Resort plapperte Kevin ohne Unterbrechung.

Trent wollte selbst Kinder. Der Gedanke wärmte sein Inneres, während er dem fröhlichen Geplapper seines Neffen zuhörte. Etwas in Trent erwachte wieder zum Leben und er bemühte sich sehr, nicht dagegen anzukämpfen. Es war an der Zeit. Das wusste er. Wusste, dass das Leben nicht für immer still stehen konnte.

Er bog auf den Parkplatz des Resorts und fuhr bis in die Nähe des Eingangs zum Strandbereich. Innerhalb weniger Augenblicke hatte er seine kostbare

Fracht, den Jungen und die Hunde, entladen und sie gingen in Richtung Strand. Dabei passierten sie den Poolbereich, gingen am äußeren Bereich des Resorts entlang und kamen zu dem großen Strandbereich. Er legte die Handtücher auf eine Sonnenliege, nahm die Frisbee für die Hunde raus und legte den Drachen für Kevin auf die Liege mit den Handtüchern.

„Wir lassen am besten erst einmal die Hunde sich etwas austoben." Er lachte, als sie anfingen, herumzutollen und beim Versuch, ihm die Frisbee abzujagen, auf und ab sprangen.

„Ja, du wirfst sie besser oder sie werden dich umhauen." Kevin lachte aufgeregt.

Trent warf die Frisbee und die Hunde rannten ihr nach. Der Welpe war noch immer tollpatschig; er wuchs so schnell, dass seine motorischen Fähigkeiten nicht mit seinem Körper mithalten konnten. Er stolperte in den Sand, als er einen Versuch unternahm, nach der Scheibe zu hechten. Rosco hingegen – groß und ausgewachsen – hechtete in die Luft und fing die gelbe Scheib aus der Luft.

Kevin jauchzte und sprang herum. Er rannte zu

seinen Hunden, schlitterte durch den Sand und rollte sich dann mit ihnen durch den Sand. Er tat dies mit einer Freude, die nur Kinder in seinem Alter zeigten. Trent kicherte und beobachtete sie mit den Händen in den Hüften. Zufriedenheit erfüllte ihn, während das Trio aufsprang und zurück zu ihm rannte. Und so verging ihr Abend. Trent warf die Frisbee öfter als er zählen konnte. Er rannte mit dem Drachen den Strand entlang und warf dann den lachenden Kevin über seine Schulter und joggte über den Strand zum Resort, um ihm das Eis von der Strandhütte zu holen, das er ihm versprochen hatte.

Kevin lachte auf dem ganzen Weg, während die Hunde hochsprangen und versuchten, an ihn heranzukommen. Sobald sie den Rand des Strandes erreichten, setzte Trent Kevin wieder auf seine Füße und befahl den Hunden, zu warten. Sie saßen und schauten mit sehnsüchtigem Blick.

„Ich werde mit euch teilen", erklärte ihnen Kevin und kraulte jedem kurz den Kopf.

Das Restaurant am Strand war nicht zu weit von der Strandbar draußen entfernt. Als er seinen Namen hörte, schaute Trent kurz hinüber und sah BJ, Olivia und Lilly an einem Tisch am Rand der Terrasse. BJ hatte sich erhoben und winkte ihm zu.

„Hey", rief Trent und schaute runter zu Kevin. „Lass uns Hallo sagen."

Kevin liebte es, mit jedem des Sinclair-Klans Zeit zu verbringen und sobald er BJ und Olivia sah, rannte er auf sie zu. Trent folgte ihm, wobei sein Blick automatisch an Lilly hängenblieb. Sie lächelte und er freute sich, zu sehen, dass sie sich schließlich mit ihrem Bruder und Olivia getroffen hatte.

Sie grüßten einander, Kevin wurde von der Gruppe umarmt und Lilly wurde ihm vorgestellt.

„Du bist hübsch", sagte er ohne zu zögern. „Ich mag deine Haare. Sie sind lockig wie die Spiralpommes, die ich gern esse, wenn ich hier bin. Ich mag sie."

„Nun, danke" Sie zwinkerte ihm zu. „Sie sind manchmal ziemlich wild, aber mir gefallen sie auch."

Kevin streckte seinen Arm aus und berührte eine der spiralförmigen Locken, grinste und schaute dann zu Trent. „Hey Onkel Trent, kann ich ein paar

Spiralpommes zu meinem Eis haben?"

BJ lachte und sah Trent mit hochgezogener Augenbraue an. „Ihr könnt euch mit hinsetzen. Wir sind fast fertig, haben aber keine Eile."

„Klar. Klingt gut. Ich denke, ich werde auch ein paar Pommes nehmen. Nach all dem Sport, den ich mit ihm am Strand gemacht habe, ist das Erdnussbutter-Sandwich, das er mir in seinem Baumhaus serviert hat, schon verbraucht."

Darüber kicherten alle. An dem Tisch war nur noch ein zusätzlicher Stuhl, daher nahm Trent einen vom Tisch hinter ihm und als er sich umdrehte, hatte sich Kevin bereits hingesetzt. Lilly saß ihm am nächsten und schob ihren Stuhl zur Seite, um für ihn Platz am Tisch zu machen.

„Also, ihr habt von dem Plan gehört?"

„Ja, ich habe es ihnen erzählt. Sie sind von meinem neuen Baumhaus so begeistert wie ich", sagte Lilly.

„Bin ich", sagte Olivia und legte kurz ihre Hand über den Tisch auf seinen Arm, wobei sie lächelte. „Du kannst das so gut. Und wir freuen uns sehr, dass Lilly hier ist."

„Danke. Ich denke, es wird ein cooles Projekt werden."

„Du bekommst ein Baumhaus?" Überrascht weiteten sich Kevins Augen. „Eines von Onkel Trents großen Häusern?"

„Ja, so ist es. Klingt ganz so, als hättest du auch eines." Lilly schenkte Kevin ihre volle Aufmerksamkeit und Trent ertappte sich dabei, wie gern er sie beobachte. Er hatte den ganzen Tag immer mal wieder an sie gedacht und freute sich darauf, morgen mit dem Auftrag zu beginnen.

„Hab ich. Du musst mal vorbeikommen und es dir ansehen. Es ist nicht besonders groß, aber im Moment reicht es."

Darüber lachten alle. Die Kellnerin kam und sie bestellten Pommes und einen Becher mit Schokoeis. Trent dachte sich, dass das hier schließlich ein 'Männerabend' war, und 'Männeressen' für Kevin und ihn daher völlig angemessen sei.

Er stand auf und lehnte sich über die Brüstung, um die beiden Hunde herbei zu rufen, damit er sie im

Auge behalten konnte. Lilly streckte ihren Arm durch das Geländer und tätschelte beide.

„Sie sind hübsch."

Kevin stellte sie stolz vor. „Das ist Rosco – er war der Hund meines Dads. Und als mein Dad in den Himmel ging, wurde Rosco meiner. Und das ist Jaco. Er ist der Welpe meines neuen Dads. Ich habe ihn überredet, den Welpen zu nehmen. Sie verstehen sich wirklich gut. Genauso wie ich und Levi. Meine Mom sagt, wir passen alle wie die Faust auf's Auge."

Lillys Augen weiteten sich nur kurz, dann schluckte sie. „Das ist wundervoll. Dein erster Dad ist also im Himmel, sagst du? Das tut mir wirklich leid. Meiner ist auch im Himmel. Und meine Mom ebenfalls."

„Bist du noch immer traurig?"

Trent sah, wie die einfache Frage eines kleinen Kindes einen tiefen Eindruck auf Lilly machte. Er hörte das leise Einatmen und sah die Traurigkeit über ihre Gesichtszüge gleiten, wie ein sanfter Wind. Dann war die Traurigkeit wieder verschwunden. Wenn er sie nicht so aufmerksam angesehen hätte, wäre es ihm womöglich entgangen.

„Bin ich manchmal.“

Kevin musterte sie und dann kletterte er von seinem Stuhl, ging um Trent herum zu ihr und legte seine Arme um sie. Die Geste war so unerwartet, dass Lilly der Schock ins Gesicht geschrieben stand, als sie Trents Blick traf. Er sah Tränen in ihren Augen glitzern und sein Herz pochte heftig.

„Umarmungen helfen. Und es ist okay, traurig zu sein. Das bedeutet nur, dass du deine Eltern lieb hast.“ Kevin ging einen Schritt zurück, um ihr in die Augen zu sehen. „Aber es ist auch gut, fröhlich zu sein. Denn das macht sie fröhlich, wenn sie dir von oben zusehen.“

Trent schaute kurz zu BJ und sah, dass er und Olivia auf dem Tisch die Hände ineinander verschränkt hatten, während BJ seine Schwester ansah.

„Danke dafür, Kevin“, sagte Lilly mit belegter Stimme. „Das werde ich mir merken.“

Nachdem Kevin seinen Trost gespendet hatte, ging er zurück zu seinem Stuhl und setzte sich hin, gerade als seine Pommes und sein Eis kamen. Trents

Herz schlug heftig und er lächelte Lilly kurz an.

„Lilly hat uns erzählt, dass sie Schriftstellerin ist", sagte Olivia und lenkte die Unterhaltung in eine neue Richtung. „Und es stellt sich heraus, dass ich einer ihrer größten Fans bin. Ich liebe ihre Bücher von Chloe Beck."

„Mein Job besteht in den nächsten zwei Monaten darin, Lilly und ihrem alten Ego einen tollen Platz in den Bäumen zu erschaffen, wo sie ihre Kreativität ausleben kann." Ihm gefiel die Vorstellung zunehmend. Er konnte sie dort oben sehen, wie sie auf ihrer Terrasse in den Bäumen ausspannte und über die Baumwipfel zum Meer blickte. Es passte zu ihr.

Kevin hielt mit einem Löffel voller Eiscreme auf halber Strecke zu seinem Mund inne. Sein Gesicht verzog sich, während er nachdachte. „Ich denke, ich werde auch ein Schriftsteller in meinem Baumhaus. Aber ich muss zuerst besser im Schreiben werden."

Olivia umarmte ihn mit einem breiten Lächeln auf ihrem Gesicht. „In deinem Baumhaus zu das Schreiben üben, wird dir helfen, besser zu werden. Ich finde, das ist eine großartige Idee."

„Okay. Aber was ist ein Künstlername?"

„Das ist ein Name, den du anstelle deines echten Namens verwendest", erklärte Lilly.

„Aber warum möchtest du denn nicht deinen echten Namen benutzen?", fragte Kevin.

BJ runzelte die Stirn. „Genau das frage ich mich auch."

„Dafür gibt es viele Gründe. Mein Grund ist, dass ich keinerlei Druck von Leuten um mich herum haben will, die wissen, dass ich schreibe. Manchmal ist das besser so."

Später, nachdem sie sich alle in unterschiedliche Richtungen aufgemacht hatten, Levi und Jessica nach Hause gekommen waren und er wieder zu sich gefahren war, dachte er an Lilly. Sie bestand aus verschiedenen Details, ein Puzzle, das sich zu bewegen schien. Er konnte ihren Gesichtsausdruck nicht vergessen, als Kevin sie umarmt hatte. Oder die Art, wie Olivia und BJ sie angeschaut hatten. Er war ziemlich sicher, dass er herausgefunden hatte, dass dieses Teil ihres Puzzles mit dem Verlust ihrer Eltern zu tun hatte. Und dass es das Teil war, weswegen er sich so zu ihr hingezogen fühlte. Der Verlust von Erica hatte ihn für immer beeinträchtigt. Er fühlte mit Lilly und fragte sich, ob sie hier war, um ihre Vergangenheit zu bewältigen. Denn etwas an dem, was heute Abend passiert war, sagte ihm, dass sie das bisher, zumindest bis vor ihrer Ankunft hier, nicht getan hatte.

KAPITEL SIEBEN

L illy war aufgeregt, als ihre neuen Möbel ankamen. Sie sah den beiden Männern dabei zu, wie sie die braune Couch und die braunen Stühle heraustrugen und sie dann mit den hellen, bunten Gegenständen, die sie sich am Vortag ausgesucht hatte, ersetzten.

„Ich habe Möbel. Echte Möbel." Sie seufzte, wirbelte dann kurz herum und ließ sich auf dem Sofa nieder, als der Truck wegfuhr. *Es war fantastisch.* Sie streifte ihre Flipflops von den Füßen und streckte sich auf der Couch aus, um an die Decke zu starren. *Sie hatte eine Couch.* Und es war die bequemste, wunderschönste Couch, die sie jemals gesehen hatte. Sie seufzte zufrieden. Das Timing für den Ortswechsel war richtig gewesen war. Ihr Herz war dabei, zu heilen.

Sie blinzelte, als sie an die simple und zugleich berührende Erklärung des kleinen Jungen dachte, wie er mit dem Verlust seines Dads umging. Er war so jung gewesen. Sie schaute zur Decke und blinzelte die Tränen erneut weg. Gestern, als er sie umarmt hatte, hätte sie beinahe geweint. Das hatte sie zuerst geschockt, das Gefühl der Tränen in ihren Augen. Sie hatte das Brennen zuvor gespürt, aber es waren nie Tränen gekommen.

Gestern, genau wie jetzt, hatte sie Tränen gespürt. *War das ein Zeichen dafür, dass ihr Herz wieder zum Leben erwachte?*

Das Geräusch eines weiteren Wagens war zu hören. Sie sprang von der Couch und ging zum Fenster. *Trent war hier.*

Sie hatte ihm dabei zugesehen, wie er am Strand mit Kevin gespielt hatte, während sie, BJ und Olivia dort gegessen hatten. Es war schwer gewesen, ihnen nicht dabei zuzusehen, wie sie alle herumtobten und Spaß hatten. BJ hatte ihr erzählt, dass Trent ein toller Onkel war. Dass er normalerweise von der ruhigen Sorte war, doch dass Kevin dabei geholfen hatte, ihn etwas aus der Reserve zu locken. Es war offensichtlich, dass er und der Junge sich ausgezeichnet verstanden. Und nachdem sie den kleinen Kevin kennengelernt hatte, wusste sie, dass man das Kerlchen einfach lieben musste.

Sie machte sich Gedanken wegen Trent. *Weshalb war er so schweigsam?*

Während er vorbeifuhr, um den Truck näher an die Baustelle zu bringen, entschied sie sich für ihre Stiefel, die neben der Tür standen. Sie zog sie an und beeilte sich hinauszugehen, um festzustellen, was er alles mitgebracht hatte. Heute war der Tag, an dem er mit dem Bau ihres neuen Zuhauses begann.

Ihre Möbel würden dort oben sogar noch besser zur Geltung kommen, wenn er mit seiner Arbeit fertig war.

Er löste die Spanngurte von den Sägeböcken und

den Holzbrettern und lächelte, als sie auf ihn zukam.

„Guten Morgen", rief sie.

„Guten Morgen." Er musterte sie kurz mit seinen funkelnden Augen und weckte bei ihr allzu viel Aufmerksamkeit. „Süßes Outfit."

Sie schaute an ihrer normalen Schreibkleidung hinunter: T-Shirt, Shorts und Stiefel. „Die Regel lautet: gehe niemals ohne Stiefel in den Wald."

„Dem stimme ich voll und ganz zu. Ich habe dir etwas mitgebracht", sagte er.

„Ach ja? Was denn?"

Er ließ den Gurt los und ging zu seinem Truck. Er griff durch das offene Fenster und hielt ihr dann einen Pappbecher mit Kaffee hin. „Ich war mir nicht sicher, ob du einen möchtest. Doch ich dachte, ich bringe einen mit, nur für den Fall. Ich habe mir selbst einen Kaffee geholt. Der Gotta Have It Coffee Shop macht einen ganz tollen Kaffee. Sahne und Zucker sind im Becherhalter, wenn du etwas davon willst."

Lilly schaute ehrfürchtig zum Pappbecher und dann zu dem Mann. „Du hast mir Kaffee mitgebracht." Sie seufzte und griff nach dem Kaffee.

Er grinste, während sich ihre Finger bei der Übergabe des Bechers berührten.

Seine Berührung sprühte wie ein Funken und brachte ihr Innerstes zum Beben.

„Ja, die Gelegenheit wollte ich nicht verpassen –"

Lilly ignorierte seine Bemerkung und konzentrierte sich auf den Kaffee. „Du hast eine gute Entscheidung getroffen. Oh, wie ich dich vermisst habe", gurrte sie zu dem Kaffee und nahm einen Schluck. „Er ist köstlich. Dafür könnte ich dich küssen, Trent."

Er lächelte sexy. „Wenn du unbedingt musst. Es ist eine Weile her, seit mich eine hübsche Lady geküsst hat."

Sie lachte. „Ich habe dich nur ein wenig aufgezogen und ich bezweifle, dass es eine Weile her ist."

Er neigte seinen Kopf und seine funkelnden Augen blickten sie herausfordernd an. „Es ist eine Weile her."

Lilly verlor sich beinahe in seinem Blick. „A-Also, wie sieht es mit dem Baumhaus aus", brachte sie hervor und trank einen winzigen Schluck Kaffee.

„Sorry, ich konnte nicht widerstehen, dich zu necken. Ich richte meinen Arbeitsbereich ein. Ist das okay für dich? Bin ich dir genug aus dem Weg? Ich werde hier sein, um die Sägearbeiten vorzunehmen. Zuerst werde ich die Pfosten setzen."

Sie versuchte, ihre Gedanken von Trent abzulenken. Er *hatte* sich einen Scherz erlaubt. „Mir ist es überall recht. Ich werde drinnen sein, um zu schreiben. Womit ich jetzt mal weitermachen muss. Falls du irgendetwas brauchst, klopf einfach an die Tür."

„Ich werde nichts brauchen. Tu, was immer du tun musst. Ich komme zurecht."

Sie zog sich mit ihrem Kaffee, den sie fest zwischen beiden Händen hielt, zurück. „Fantastisch. Okay, ich muss los und mein Mädel aus einem brennenden Haus retten."

„Wirklich?"

„Ja, ich hab sie vor über einer Stunde, bereit aus dem Fenster zu springen, allein gelassen. Ich wurde unterbrochen, als meine Möbel ankamen. Du musst sie dir ansehen. Sie sind so hübsch. Aber jedenfalls werde ich dich arbeiten lassen und ich werde meinem Helden Feuer unter dem Hintern machen, damit er rechtzeitig zu meiner Heldin kommt." Sie schwang herum und stapfte in Richtung Bungalow. *Was war denn nur los mit ihr?* Das Problem war, dass sie jetzt überhaupt nicht an die Helden in ihrer Geschichte dachte. Sie dachte an Trent und daran, wie gut er aussah. *Puh.*

„Hey", rief er leichthin.

Sie drehte sich um.

„Kevin hat sich gestern Abend gefreut, dich kennenzulernen."

Ein wohlig warmes Gefühl durchfuhr sie. „Ich habe mich ebenfalls gefreut, ihn kennenzulernen. Er ist total süß. Und ihr beiden saht toll zusammen aus, wie ihr dort an Strand gespielt habt."

„Er ist ein tolles Kerlchen. Hat viel durchgemacht, aber jetzt geht es ihm gut."

„Ja, das habe ich gemerkt."

Er ging von dem Truck weg und sein Gesichtsausdruck war jetzt ernst. „Ich hatte das Gefühl, na ja, dass er dich irgendwie berührt hat. War alles in Ordnung mit dir?"

Sie schluckte schwer. *Er hatte es bemerkt.* Das hatte sie sich gedacht, war sich aber nicht sicher gewesen. Da war dieser Moment, als Kevin sie umarmt hatte und all ihre Mauern einfach gefallen waren. Trent hatte sie angesehen, ihr Blicke hatten sich getroffen. Er hatte den Schmerz tief in ihrem Innern gesehen. „M-Mir geht es gut. Aber danke, dass du fragst. Okay, bis später." Sie drehte sich um und ging entschlossenen Schrittes hinein.

Das letzte, was sie wollte, war, dass Trent oder sonst irgendjemand sonst hinter ihre Mauern blickte. Sie hatte viel dafür getan, sie aufrechtzuerhalten. Kevin hatte sie einfach überrascht. Ein Kind – ein kleiner Junge – war die letzte Person, von der sie gedacht hätte, dass sie die Schale um ihr Herz knacken würde.

Aber das nächste Mal würde sie darauf gefasst sein. Heute musste sie sich Ablenkungen vermeiden und sich auf ihre Schreibarbeit konzentrieren…

Trent arbeitete den ganzen Tag, grub Löcher und platzierte die Pfosten, die beim Stützen des Gehweges hoch zum Baumhaus helfen würden. Die Männer vom Holzlager brachten das Holz und stapelten es für ihn. Er unterschrieb den Papierkram und sie fuhren wieder davon. Es war fast fünf, als er Feierabend machte und zum Bungalow hinüberschielte, wo es den ganzen Nachmittag über ruhig geblieben war. Er überlegte, an die Tür zu klopfen und Lilly mitzuteilen, dass er für heute fertig war. Aber dafür gab es nicht wirklich einen Grund…außer, sie zu sehen.

Und deswegen war er *nicht* hier.

Er stieg in seinen Truck und fuhr nach Hause. Das einzige Problem war, dass er an Lilly dachte.

Als er zuhause ankam, duschte er und machte dann eine Fahrt mit seinem Motorrad. Er hoffte, dass die Spritztour seinen Kopf freimachen würde, aber das tat sie nicht. Bei Sonnenuntergang parkte er am Seitenstreifen, von wo aus man das Meer überblicken konnte, und stieg von der Knucklehead. Dann stand er einfach dort und schaute über das Meer hinaus, während die Wellen unter ihm gegen die Felsen schlugen. Er atmete die salzige Luft ein und rieb sich die Augenbrauen, als er an Erica dachte. Er hatte sie geliebt. Und an dem Tag, an dem sein Team zum Patrouillieren bei einer routinemäßigen Überwachungsmission rausgegangen war, hatten sie nicht mit dem Scharfschützen gerechnet. Erica hatte nicht gezögert, als sie sich vor ihre anderen Teamkameraden gestellt hatte. Sie hatte eine Brust voller Kugeln abgefangen, was ihnen Zeit gegeben hatte, den Scharfschützen außer Gefecht zu setzen.

Erica war tot, bevor sie zu Boden gefallen war.

Selbst beim bloßen Gedanken daran nach all dieser Zeit, musste er sich beinahe übergeben. Er hatte sie geliebt und sie hatte ihr Leben für ihr Team geopfert und falls er dort gewesen wäre, hätte sie dasselbe für ihn getan. Oder er hätte es für sie getan. Aber er war nicht dort gewesen und das machte ihn einfach fertig. Er schloss seine Augen, legte seine Hände in die Hüften und ließ den Kopf hängen. Er konnte nichts tun, konnte die Zeit nicht zurückdrehen und sie zurückbringen. Er wünschte, er wäre es gewesen und nicht sie.

Er konnte nicht darüber reden. Wollte nicht darüber nachdenken. Aber sie verdiente es, dass jeden

Tag an sie gedacht und sich ihrer erinnert wurde. Und dass sie geliebt wurde.

Er musste mit seinem Leben weitermachen. Musste einen Weg finden, loszulassen, doch die Schuld, die er empfand, weil er sie nicht hatte beschützen können, würde ihn nicht loslassen.

Und es fühlte sich falsch an, loslassen zu wollen.

Es fühlte sich falsch an, den ganzen Tag an Lilly zu denken.

Unruhig beobachtete er, wie die Sonne den Himmel in ein atemberaubendes Kunstwerk aus Blau gemischt mit Spritzern Orange verwandelte und den Himmel dann langsam in ein helles Pink verblasste… sie schien sich kämpferisch am vergehenden Tag festzuhalten, bis sie schließlich doch im Wasser versank. Er stand dort, bis das letzte Licht vom Himmel verschwunden war und dann ging er zurück zu seinem Bike und fuhr in die Nacht. Nichts hatte sich geklärt. *Was gab es zu klären?* Er konnte nicht loslassen.

Konnte nicht zulassen, dass sie sacht in die Nacht hineinglitt, wie die Sonne gerade verschwunden war…

sie war an diesem Tag nicht nur gestorben – sie war für ihn gestorben. Das konnte für ihn nicht verblassen. Er wollte es mit nichts ersetzen.

Nicht einmal, wenn er die Notwendigkeit empfand, mit seinem Leben weiterzumachen.

Es war nicht richtig.

Obwohl sie wusste, dass ihr unwiderstehlicher Nachbar und Meister des Baumhausbaus den ganzen Tag draußen bei ihrem Bungalow arbeitete, hatte Lilly einen Lauf. Und sie dankte Gott dafür. Sie hatte versprochen, ihm fernzubleiben, damit er mit seiner Arbeit vorankam, und Herr Gott nochmal, das würde sie tun. Die Tatsache, dass ihr Buch ein Eigenleben entwickelt hatte, war eine wirklich gute Sache. Während sie dort saß und den Drang bekämpfte, nachsehen zu gehen, ob er ihr einen Becher Kaffee mitgebracht hatte – definitiv eine Ausrede, um an diesem Morgen nach ihm zu sehen – hatte ihr geschichtenerzählender Geist eine Wendung in der Geschichte eingebaut, die sie nicht erwartet hatte, und sie war zum Computer geeilt. Sie liebte es, wenn ihre Charaktere plötzlich in ihren Gedanken zum Leben erwachten und die Geschichte klauten, sie auf ihre Reise mitnahmen – nicht die, die sie geplant hatte… nicht, dass sie die Geschichte jemals ausführlich vorher plante. Aber wenn ihre Charaktere in ihrem Kopf ausreichend zum Leben erwachten, um die Geschichte zu übernehmen, war das für sie ein Vergnügen, da sie sich nun auf derselben Entdeckungsreise befand, auf die sich ihre Leser begeben würden, wenn sie es lasen.

In diesen Momenten tauchte sie ein. Sie trank heißen Tee und wünschte sich einen Kaffee – Tassen voller Kaffee – aber sie hatte keinen im Haus, daher blieb sie bei grünem Tee und Honig und gab vor, dass sie es mochte… *igitt, igitt, igitt!* Sie aß Erdnussbutter auf einem Stück Weißbrot und das schmeckte ihr wirklich. Sie konnte nicht an ihren Geschichten arbeiten, ohne ihr Grundnahrungsmittel: ein schönes Brot mit Erdnussbutter. Es passte als Frühstück, Mittag und Abendessen… falls sie hungrig wurde. Aber Größtenteils saß sie über ihrem Computer gebeugt und schrieb, wobei sie die Worte in ihre Tastatur mit der Kraft eines Trommlers tippte, der mit Begeisterung einen Rocksong spielte.

Und wenn – falls – sie müde wurde, legte sie sich dreißig Minuten hin und begann dann erneut. Ihr Kopf ruhte sich nur aus, weil er seine Grenzen erreichte. Und bis die Worte, die darum kämpften, aus ihrem Kopf herauszukommen, draußen waren, verdrängte sie die Vorstellung, zu schlafen.

Sie verlor das Zeitgefühl. Irgendwann rief BJ bei ihr an. Sie schickte ihm eine Nachricht, dass sie mit dem Schreiben beschäftigt war und sich in ein paar Tagen bei ihm melden würde. Dann blendete sie alles aus. Selbst Trent.

Trent war am nächsten Tag dabei, seine Arbeit zu beenden. Er hatte es geschafft, seine düstere Stimmung vom Vorabend abzuschütteln. Dennoch war er dankbar für den arbeitsintensiven Tag an dem der Bau des Treppenabsatzes angestanden hatte. Er hatte früh mit der Arbeit begonnen. Als er ankam, fand er im

Bungalow kein Anzeichen für Bewegung und Lilly kam auch nicht heraus. Er war versucht, an ihre Tür zu klopfen, tat es jedoch nicht. *Sie war vermutlich mit dem Schreiben beschäftigt.* Schließlich hatte er zunächst befürchtet, dass sie ihn nicht in Ruhe lassen würde, daher konnte er sie nun nicht selbst belästigen, während sie arbeitete. Nur falls er dringend etwas benötigte. Sie einfach nur sehen zu wollen, war nun wirklich kein Grund.

Durch das Abmessen, Sägen und Transportieren der Holzleisten von seiner Arbeitsstation zu der Stelle, wo das Baumhaus gebaut werden sollte, war er ständig in Bewegung. Und das war gut für ihn gewesen. Er hatte sich immer wieder dabei ertappt, wie er kurz zum Bungalow hinüberblickte und sich fragte, wie es ihr ging. Als er schließlich alles zusammengepackt und zurück zum Haus gegangen war, war alles, was er tun konnte, *nicht* nach ihr zu sehen. Ihr Truck war seit dem Vortag nicht bewegt worden.

Er sagte sich selbst, dass nichts falsch daran war, wenn jemand vierundzwanzig Stunden nicht nach draußen ging. Und außerdem war es nicht an ihm, sich um sie Sorgen zu machen.

Er konnte sich lebhaft vorstellen, wie sie am Computer saß und ihre Finger über die Tastatur flogen. Er erinnerte sich daran, dass sie sich in ihren Geschichten verlor, wie sie sagte. Und er fragte sich, ob genau das gerade passierte.

Er sollte sie besser nicht stören.

Zwei Stunden später aß er eine einfache Mahlzeit aus gebratenem Schwein und gebackenen Kartoffeln, während er an dem Entwurf des Baumhauses feilte. Es war fast halb neun, als sein Telefon klingelte. Er schaute kurz auf das Display und sah, dass es BJ war.

„Hey, was gibt's?", fragte er, als er das Telefon an sein Ohr hielt.

„Trent, hast du Lilly gestern oder heute gesehen?"

„Nein. Ich habe auf ihrem Grundstück gearbeitet, aber, na ja, ich habe sie gestern früh gesehen. Doch nicht nochmal, bevor ich gefahren bin, und heute habe ich sie überhaupt nicht angetroffen. Warum?"

„Hör zu, ich bin froh, dass sie hier ist, aber ich sitze ein wenig in der Klemme. Sie ist so unabhängig, wie man sein kann, und deswegen will nicht einfach bei ihr hereinplatzen. Ich mache mir allerdings ein wenig Sorgen. Ich habe sie gestern Nachmittag angerufen, aber sie ist nicht rangegangen. Später hat sie mir später eine Textnachricht geschickt, dass sie arbeitet und einen Lauf hat, und dass sie mich in ein paar Tagen anrufen wird. Und das war's. Ich dachte, du hast vielleicht mit ihr gesprochen?"

Trent redete sich ein, dass er sich keine Sorgen machen brauchte. „Ich bin mir sicher, dass es ihr gut geht. Sie hat mir erzählt, dass sie, wenn sie einen Lauf hat, nicht gern aufhört. Oder beim Schreiben gestört wird. Das war einer der Gründe, weshalb sie so abgeschieden leben wollte. Ich bin mir sicher, dass es ihr gut geht." Er war sich nicht sicher, aber BJ hatte Recht: Sie konnten nicht einfach jedes Mal, wenn sie sich verkroch, an ihre Tür klopfen. Wenn sie Lilly von Anfang an störten, würden sie ihren Umzug hierher womöglich noch bereuen.

„Hör zu, gibt es etwas, das du als Ausrede benutzen kannst, um nach ihr zu sehen? Ich meine, ich dachte, sie würde zumindest herauskommen und zuschauen wollen, wie du ihr Baumhaus baust."

„Eine Ausrede?"

„Ja, wie beispielsweise ein Problem mit den Plänen oder so. Ja, ich mag vielleicht überreagieren. Sie hat seit Jahren nicht in meiner Nähe gelebt und ich sollte wissen, wie man auf Distanz bleibt. Doch jetzt wo sie hier ist…"

„Ich verstehe. Bei Shar, Cali, Jillian und Olivia geht es uns genauso. Glaub mir, als Olivia in Hollywood lebte und eine Weile lang nicht nach Hause kam, waren wir alle drauf und dran, nach ihr zu sehen. Brüder bleiben eben Brüder. Ich überleg mir was. Ich werde dich anrufen, wenn irgendetwas nicht in Ordnung ist. Okay?"

„Danke, ich schulde dir etwas."

Er war bereits aus der Tür und hatte die Schlüssel für seinen Truck in der Hand. Innerhalb weniger Augenblicke fuhr er aus der Garage hinaus und die gewundene Straße hinauf. Er hatte keine Ahnung, was er zu ihr sagen würde, aber er dachte, es würde ihm schon was einfallen. Er hatte die zusammengerollten Pläne auf dem Beifahrersitz, nur für den Fall.

Licht schien hinter den Jalousien, er konnte jedoch

nicht hineinsehen, als er den Truck parkte. Er ging mit zur Tür und klopfte. Als sie nicht öffnete, klopft er erneut und erinnerte sich an den ersten Morgen, als sie in ihrem Wohnanhänger gearbeitet hatte. Sie hatte einige Minuten gebraucht. Dennoch begann er sich Sorgen zu machen, als sie beim dritten Klopfen nicht an die Tür kam. Er fuhr mit seinen Fingern hinter den Leuchtkörper, um nach dem Schlüssel zu suchen, als sich die Tür öffnete.

„Trent. Was machst du hier?"

Er blinzelte zu ihr hinüber und versuchte, seine Besorgnis und Verwirrung zu verbergen, war sich jedoch sicher, dass sie seine Gefühlsregung bemerkte. „Ich wollte nach dir sehen." Die Wahrheit zu sagen mochte schwerfallen, aber er fand, dass es das Richtige war. „Kann ich hereinkommen?"

Sie ging einen Schritt zurück und hielt die Tür auf. Sobald er eingetreten war, schloss sie die Tür hinter ihm. Er blickte in ihre müden Augen und spürte, wie sich alles in ihm zusammenzog.

Sie sah erschöpft aus; ihre Augen waren rot und glanzlos. „Du siehst wirklich müde aus. Ich habe dich seit zwei Tagen nicht gesehen und ich begann mich zu fragen, ob bei dir alles in Ordnung ist. Deshalb bin ich hier."

„Mir geht es gut. Ich arbeite nur. Ich habe einen Lauf und dieses Buch entwickelt sich rasend schnell, daher wollte ich nicht aufhören."

„Du verkriechst dich also wirklich und kommst nicht heraus?"

Sie nickte. „Ich habe dir gesagt, dass ich das gern tue, wenn ich im Schreibfluss bin."

Er runzelte die Stirn. „Aber du bist erschöpft."

Offensichtlich liebte sie, was sie tat – das ließ sich nicht leugnen. Auf gar keinen Fall könnte sie die Zeit ohne Leidenschaft für ihre Tätigkeit aufbringen. Und sie hatte offenbar die Zeit vergessen, während sie im Flow war, wie sie es nannte. Es war eine merkwürdige Kombination, wie er sie so ansah und Müdigkeit und zugleich Enthusiasmus wahrnahm. Irgendwie gefielen ihm die Leidenschaft und die Energie, die in einem wunderschönen Paket zusammengeschnürt waren. Aber er sah auch ihre Besessenheit und das bereitete ihm Sorgen.

Er schluckte schwer, während er den Wunsch unterdrückte, seine Hand auszustrecken und ihr eine Strähne dieser wilden Haarpracht aus dem Gesicht zu streichen. Er wollte ihre Wange umfassen wurde von dem plötzlichen Verlangen ergriffen, ihre weichen, rosafarbenen Lippen zu küssen – Er trat zurück, wandte seinen Blick von ihren Lippen und schaute zu dem Küchentresen hinter ihr.

Dort befanden sich ein Glas Erdnussbutter, Honig und eine Scheibe Brot neben einer Tasse, aus welcher der Faden eines Teebeutels hing.

„Bitte sag mir, dass du mehr als das gegessen hast."

„Hey, mach nicht meine Schreibnahrung schlecht. Diese vier Dinge dort halten mich bei der Stange. Allerdings trinke ich den grünen Tee mit Honig eher widerwillig. Was mir wirklich Energie gibt, ist mein Kaffee. Aber ich habe ihn aufgegeben. Es war wahnsinnig schwer und ich habe immer noch ein irrsinniges Verlangen danach. Aber ich habe bis zur drei Kannen pro Tag getrunken."

„Drei Kannen?" Er starrte sie entsetzt an.

Sie verzog das Gesicht. „Na ja, eigentlich waren es vier, aber ich habe mich auf drei runter entwöhnt und weniger schaffte ich einfach nicht – morgens, mittags und abends. Ich weiß. Aber was soll ich sagen? Nun ja, die einzige Möglichkeit war jedenfalls ein kalter Entzug und ihn aus dem Haus zu schaffen. Jetzt trinke ich nur noch Kaffee, wenn ich in die Stadt gehe und mir einen Becher kaufe. Ich mache das als Belohnung. Du hast keine Ahnung, wie lieb das von dir war, mir vorgestern Morgen diesen Becher mitzubringen. Deswegen habe ich gesagt, dass ich dich küssen könnte."

Ihm kam eine Idee. „Jetzt verstehe ich es. Und du machst das gut, wie ich sehe."

„Es geht so. Manchmal ist es ein Kampf. Aber wenn ich im Flow bin, kann ich ihn vergessen und grünen Tee mit Honig trinken, um ein wenig Energie zu bekommen… wirkt nicht das Koffein des Kaffees, aber es hilft. Und Teil der Sucht besteht einfach in dem schönen Gefühl, eine warme Tasse in der Hand zu halten."

Sie ging umher und er musste lächeln. Jetzt wusste

er, wie er sie für eine kurze Weile aus dem Haus bekam. „Ich schlage vor, dass du genau jetzt eine Tasse Kaffee verdienst. Du sagtest, du hättest zwei sehr produktive, kreative Tage mit der Arbeit an deinem Buch verbracht. Und ich habe einen Milchshake für meine harte Arbeit an deinem Baumhaus verdient."

Ihre Augen weiteten sich, während er sprach. *Hatte er völlig den Verstand verloren?* Er sollte auf Distanz bleiben, doch er konnte in diesem Moment einfach nicht widerstehen. Und sie musste mal aus ihren vier Wänden. Und die Art, wie ihre Augen aufleuchteten, gaben ihm recht.

„Ich glaube, dass ich dich ziemlich wahrscheinlich lieben könnte", sagte sie entzückt und lachte und ging in Richtung Tür. „Dein Fahrzeug oder meines?"

Er eilte ihr hinterher. „Meines, auch wenn es der Truck ist."

„Oh, das passt perfekt. Mit einem heißen Kaffeebecher in der Hand hinten auf einem Motorrad mitzufahren, ist etwas abenteuerlicher, als ich sein will. Und wenn wir meinen Truck nehmen würden, dann müsste ich fahren. Und darauf habe ich gerade wirklich gar keine Lust. Auch wenn ich es wirklich genieße, zu fahren. Ich will mir ein kleines Cabrio holen, jetzt da ich hier bin, und damit kann ich dann an der Küste entlang und in die Stadt fahren."

Okay, diese Frau raubte ihm den Verstand. Sie öffnete die Tür seines Trucks und kletterte hinein und redete auch dann noch weiter, als sie die Tür zwischen ihnen zuschlug. Er lachte, während er herum zu seiner Seite ging und einstieg – und ja, sie plapperte noch immer.

Sie war ganz ausgelassen und süß und ein wenig von Sinnen.

Und auf gar keinen Fall würde er jetzt einen Rückzieher machen.

KAPITEL ACHT

Sie holten einen großen, schwarzen Kaffee und einen großen Schoko-Milchshake beim Drive-in am Stadtrand. Lilly saß neben ihm, sank tief in ihren Sitz, eine Hand zum offenen Fenster hinausgestreckt, um die Luft mit ihrer Hand einzufangen, während sie zufrieden an ihrem Kaffee nippte. Das hatte sie gebraucht. Schnelles Fahren neben einem attraktiven Kerl auf einer gewundenen Straße entlang der mondbeschienenen Küste, während sie einen ausgezeichneten Kaffee trankt, war so ziemlich das Letzte, was sie sich für heute Abend vorgestellt hatte.

Sie hatte es überhaupt nicht auf ihrem Radar gehabt, aber genau das hatte sie gebraucht.

„Das ist himmlisch", sagte sie mit einem tiefen Seufzen und schaute kurz zu ihrem attraktiven Baumhausbauer hinüber.

Er hörte auf, an seinem Milchshake zu nippen und streckte den Becher aus, um leicht gegen ihren Pappbecher mit Kaffee zu stoßen. „Darauf werde ich einen Toast aussprechen."

Sie lächelte ihn an. „Ernsthaft, ich danke dir. Ich genieße das gerade sehr. Es ist ein wunderschöner Abend."

Das Letzte, was sie brauchte, waren Komplikationen in Sachen Nähe, nachdem das Baumhaus fertig war. Sie erinnerte sich einmal mehr daran, dass er tabu war. *Was hatte Trent Sinclair an sich, dass sie sich daran erinnern musste?* „Du hast vermutlich gesehen, dass ich etwas überspannt war."

„Ja, auf jeden Fall. Du musstest einfach mal raus. Das kann nicht gesund sein."

Dieses Mal lachte sie. „Also startest du nachbarschaftliches Verhältnis? Nachdem du mein

Baumhaus gebaut hast, bietest du mir alle paar Tage an, mich auf einen Becher Kaffee mitzunehmen und dir einen Milchshake zu holen – ich bezahle."

„Das klingt nach einem Deal."

Sie schaute zur Seite und fühlte sich plötzlich viel zu sehr zu ihm hingezogen. Das Meer funkelte im Mondlicht. Wellen mit weißen Spitzen verwandelten sich zu Schaum, während sie landeinwärts auf den Sand wuschen und sich dann zurück ins Meer zogen. Sie war noch nicht bereit, nach Hause zu gehen. „Meinst du, du hast Zeit, kurz anzuhalten? Ich hatte seit meiner Ankunft nicht die Gelegenheit, meine Zehen ins Wasser zu tauchen. Und ein mondbeschienener Strand gefällt mir wirklich sehr."

„Aber sicher. Dort weiter vorn ist ein hübsches Fleckchen."

Kurze Zeit später bog er von der Straße ab. „Wie ist das?"

„Perfekt." Sie stiegen aus und folgten dem Weg.

Sie nippte an ihrem Kaffee, während sie Trent in Richtung Meer folgte. Sie lief direkt zum Wasser, zog ihre Flip-Flops aus und trat in die kühle Brandung. Das

Wasser umschmeichelte ihre Füße, während sie weiterging, und sie genoss das erfrischende Gefühl des Wassers und des Sandes unter ihren Füßen.

Da Trent nun beide Hände frei hatte, nahm er seinen Plastiklöffel und aß den dicken Milchshake wie Eiscreme. Dann hielt er inne um sie zu mustern. „Schwimmst du gern im Meer?"

„Oh nein. Ich gehe nicht *ins* Wasser gehen, aber ich mag es, meine Zehen darin zu spüren."

„Oh, ich verstehe. Daran ist nichts auszusetzen."

„Ist dieser Bereich üblicherweise frei?"

„Das hängt davon ab, ob gerade die Urlaubszeit ist. Du weißt schon, tagsüber kann es hier voller werden, aber im Augenblick kommen nicht viele Leute hier herunter. Mein Bruder, Levi – er ist der Polizeichef – ich war mir nicht sicher, ob du dich daran erinnerst – aber er und seine Jungs sind hier viel auf Patrouille. Er nimmt die Sicherheit von Windswept Bay ernst. Unter anderem ist es ihm zu verdanken, dass Windswept Bay ein fantastischer Ort zum Leben und zum Ausspannen geblieben ist."

„Ich erinnere mich. BJ sagte, er sei ein toller Typ.

Er war der erste, den er von euch allen kennengelernt hat, nachdem Gage angeschossen wurde. Er mag deine ganze Familie wirklich sehr."

„Wir mögen ihn auch. Wir freuen uns, unsere Familie zu vergrößern, um ihn aufzunehmen. Und dich ebenfalls."

„Oh, Danke." Sie sah von ihm weg und nahm einen großen Schluck von ihrem Kaffee und dachte darüber nach, Teil einer Familie zu sein. Die vertraute Panik begann, in ihr aufzukommen. Sie schloss ihre Augen und wollte unbedingt, dass sie wieder verschwand. Wollte, dass sie sich zurückzog wie die Wellen ins Meer.

„Geht es dir gut?"

Sie öffnete ihre Augen und sah, dass er neben ihr stehengeblieben war und sie forschend ansah.

„Mir geht es gut."

„Du sahst nur grade sehr traurig aus. Gequält ist womöglich das bessere Wort."

Das Herz pochte ihr in den Ohren und sie atmete tief durch. „Mir geht es gut." Die Worte waren ein bloßes Flüstern, aber zumindest hatte sie sie herausbekommen.

Trent ertappte sich dabei, wie er ihr Gesicht im Mondschein betrachtete anstatt auf das Wasser zu schauen. Er versuchte, seinen Augen abzuwenden, aber sie schienen nicht zu gehorchen.

„Du bist müde", sagte er. Es ging ihn nichts an, doch es war schwer zu übersehen. Und irgendetwas schien sie plötzlich zu beschäftigen. *Er sollte seinen Mund halten.* „So viele Stunden zu arbeiten, scheint dir einfach ziemlich zuzusetzen."

Sie neigte ihren Kopf zur Seite und schaute ihn an. „Wenn es mir genug wird, höre ich auf. Mit meiner Arbeitsweise bin ich nicht allein. Viele Autoren machen das so. Das ist nicht ungewöhnlich."

„Das verstehe ich, aber deswegen ist es noch lange nicht gesund."

„Stimmt. Aber ich denke, der Kopf eines Schriftstellers arbeitet ein wenig anders als der von anderen Leuten. Wenn die Geschichte funktioniert oder eine Deadline bevorsteht, kann es hier drinnen ein wenig verrückt zugehen." Sie tippte sich an die Schläfe und warf ihm ein neckendes Lächeln zu. „Und das Buch zu schreiben bzw. aus meinem Kopf zu bekommen, ist wirklich dringend. Ich schlafe nicht gut. Ich will auch nicht schlafen, und mich dazu zu zwingen, ist sinnlos. Daher nehme ich es, wie es ist und schreibe die Geschichte auf, bis ich entweder zu erschöpft oder fertig bin. So ist das bei mir und vielen meiner Schriftstellerfreunde. Es würde mich verrückt machen, wenn ich es nicht zu Papier bringen oder in den Computer tippen könnte. Ich kann es kaum erwarten, in meinem Baumhaus zu arbeiten. Ich glaube, dass es überwältigend wird."

„Das hoffe ich. Und ich verstehe, dass du diese Arbeitsweise hast. Aber du bist jetzt Single. Was ist, wenn du eine Familie und Kinder hast?"

Ihre Miene verlor etwas ihrer Lebhaftigkeit und sie schaute wieder hinaus auf's Meer. „Ich weiß nicht, ob ich das tun werde."

„Das tun werde?"

„Eine Familie gründen. Heiraten. Ich glaube nicht, dass das etwas für mich ist."

Von dieser Offenbarung war er überrascht. „Weil du nicht willst, dass dich ein Ehemann oder Kinder beim Schreiben stören?" Er musste ihr diese Frage einfach stellen.

Sie bückte sich, um eine Muschel aufzuheben, die im nassen Sand glitzerte. „Nein, das ist es nicht. Ich glaube nur nicht, dass eine Familie etwas für mich ist."

Warum sagte sie das? Konnte er sie näher fragen?

Sie stand auf. „Was ist mit dir? Planst du eine Familie?"

Hatte er vor, eine Familie zu gründen? „Ich glaube schon." Er wollte eine, wenn er je in der Lage wäre, loszulassen. Jemals glauben konnte, dass er ohne Erica das Recht auf eine Familie hatte.

„Du glaubst es? Du meinst, du bist nicht sicher?"

„Nein. Ich habe ein paar… Dinge aufgearbeitet. Ich bin –" Er räusperte sich und fühlte sich auf einmal unwohl über die Richtung, die die Unterhaltung eingeschlagen hatte. „Die letzten paar Jahre waren hart gewesen. Ich…" Er wollte nicht darüber reden.

Sie betrachtete ihn nachdenklich. „Manchmal ist es schwer, Entscheidungen zu treffen, die mit der

Zukunft zu tun haben. Ich weiß. Was die Zukunft betrifft, fühle ich mich seit Jahren wie im Schwebezustand."

Er wusste, wie sich das anfühlte. Ihm wurde bewusst, dass sie einen schlimmen Verlust erlitten hatte. „Wie ging es dir, nachdem du deine Eltern verloren hast?" Ihre Miene versteinerte sich.

Sie nahm einen Schluck von ihrem Kaffee und atmete tief durch. „Nicht gut. Ich habe die ganze Zeit Albträume deswegen. Selbst jetzt noch. Ich habe es nicht gut verkraftet. Ganz und gar nicht."

Ihre Worte trafen ihn mit voller Wucht. Er hatte nicht erwartet, dass sie das sagen würde. *Und ihr Gesichtsausdruck...* „Warum hast du Albträume?"

Ihre Schultern hoben sich, als sie tief einatmete. „Du weißt es nicht?"

„Was wissen?"

„Ich war... in dem Auto, als meine Eltern verunglückten. Es hat Stunden gedauert, ehe sie mich mit der Rettungsschere aus dem Wrack herausschneiden konnte."

„Das tut mir leid. Ich hatte keine Ahnung." Seine

Stimme brach. *Sie kannte es. Kannte den Schmerz.*
„Wie alt warst du?"

„Gerade siebzehn."

Sein Herz fühlte mit ihr. Sie sah plötzlich verloren aus und schien über diesen Moment nachzudenken.

„Vielleicht sollten wir nicht darüber reden." Sie drehte sich zu ihm. „Ich bin bereit, wieder nach Hause zu fahren." Sie ging an ihm vorbei und nachdem sie ihre Schuhe genommen hatte, ging sie in die Richtung des Weges zum Truck.

Er stand einfach nur da. „Warte." Er lief, um sie einzuholen. Er nahm ihren Arm und hielt sie sanft fest. „Warte kurz."

Sie blieb stehen, aber schaute ihn nicht an.

Er hob seine Hand, um ihr die Haare aus dem Gesicht zu schieben, damit er ihr in die Augen sehen konnte. Selbst im schwachen Licht des Mondes erkannte er den tiefen Schmerz auf ihrem Gesicht. „Vielleicht willst du nicht darüber reden, aber *solltest* du darüber reden?"

Sie atmete langsam ein, während sie seinem Blick standhielt. Er unterdrückte das Bedürfnis, sie an sich zu ziehen, um sie zu trösten und ihr etwas von ihrer schweren Last abzunehmen.

„Ich glaube nicht, dass ich das kann.“

„Ich verstehe es besser, als du denkst. Und falls du dich entscheidest, dass du doch darüber reden musst, dann bin ich da.“

Die Zeit schien stehenzubleiben und ihre Blicke hielten einander fest. Schließlich nickte sie.

„Danke. Jetzt, glaube ich, ist es Zeit, schlafen zu gehen.“

„Dein Wunsch sei mir Befehl.“ Er schenkte ihr ein unbekümmertes Lächeln, während er ihr in einer schwungvollen Bewegung mit seinem Arm andeute, voranzugehen. Er war froh, als sie ihm ein kurzes Lächeln zuwarf, bevor sie weiter in Richtung Truck ging.

Eine Stunde später dachte Trent noch immer über den Abend nach, während er auf seiner Terrasse saß und die zarten Wolken betrachtete, die Verstecken mit dem Mond spielten. Falls es jemals einen Moment gegeben hatte, der ihm klargemacht hatte, dass es eine Zeit geben würde, zu der er bereit war, loszulassen, diesen Schritt in Richtung Zukunft zu gehen, von der er glaubte, dass er sie zwar nicht verdiente, aber brauchte, dann waren es solche Momente, in denen er dort stand und in Lillys Augen blickte. *Er wollte vorwärtsgehen.*

Und er wollte es mit Lilly tun. Konnte er ihr dabei helfen, dasselbe zu tun?

Es würde wahrscheinlich für keinen von ihnen leicht werden, und womöglich wollte sie nicht mit ihm in eine Zukunft gehen. Aber er wusste, dass das egal war. Was zählte, war, ihr zu helfen.

Aber er konnte ihr erst helfen, wenn sie bereit dazu war. Erst, wenn sie zu ihm kam, und ihn darum bat oder ihn in ihre Welt hineinließ.

Falls und wann immer sie das tun würde, wäre er bereit.

KAPITEL NEUN

Lilly hatte am nächsten Tag Schwierigkeiten, sich auf ihr Schreiben zu konzentrieren. Sie hörte Trent draußen arbeiten und wollte mit jeder Faser ihres Körpers zu ihm gehen, um sich seine Fortschritte anzusehen. Aber sie hatte sich ihm bereits mehr geöffnet, als ihr lieb war, und das bereitete ihr Sorgen. Sorgen, dass sie dabei war, eine Beziehung aufzubauen, mit der sie sich nicht wohl fühlte.

Daher blieb sie im Haus. Und sie dachte an die Art und Weise, mit der er so behutsam und fürsorglich versucht hatte, ihr zu helfen. Er hatte einen Teil von ihr gesehen, den sie vor allen anderen verbarg. *Warum hatte sie für einen Augenblick ihre Standfestigkeit ihm gegenüber verloren? Wie war es dazu gekommen?*

Sie dachte, dass es zum Teil daran gelegen haben könnte, dass sie mehr über seine Vergangenheit hatte erfahren wollen. Und über den Schmerz, den sie flüchtig in ihm gesehen hatte und den sie von sich selbst offenbart hatte.

Was auch immer es war, es war passiert und sie konnte es nicht loslassen.

Wie auf ein Stichwort kamen am nächsten Tag BJ und Olivia unerwartet vorbei und klopften an ihre Tür.

Sie war überrascht, als sie die Tür öffnete und sie dort stehen sah. „Hi", sagte sie.

„Hallo, kleine Schwester. Ich dachte, wir kommen mal vorbei und schauen uns den bisherigen Fortschritt deines Baumhauses an. Willst du es uns zeigen?"

„Ich finde es so aufregend!" Olivia sah sich um. „Es ist wunderschön hier oben."

Lilly trat nach draußen auf die Veranda. „Ich freue mich, dass ihr gekommen seid. Folgt mir. Ich bin tatsächlich seit ein paar Tagen nicht dort gewesen."

Olivia sah erstaunt aus. „Nein? Aber warum denn nicht? Es ist direkt in der Nähe, oder nicht?" Sie deutete in Richtung des Weges, den Trent durch die Bäume hindurch angelegt hatte.

„Ja, aber ich habe gearbeitet. Und ich habe versprochen, mich nicht die ganze Zeit in Trents Arbeit einzumischen." Sie erzählte ihnen nicht, dass die Tatsache, dass sie Angst hatte, dass zu viel Zeit mit Trent zu verbringen, sie an Orte führen würde, für die sie noch nicht bereit war, Teil der Erklärung war.

„Na ja, dann lass es uns mal anschauen", sagte BJ. „Trent hat mir erzählt, dass er den Zugang fast fertig gebaut hat und an der Plattform arbeitet."

Olivia umarmte sie. „Wir sind auch gekommen, um dich zu fragen, ob dir morgen ein Treffen mit dem ganzen Klan, oder zumindest allen, die es schaffen, bei Mom und Dad passen würde?"

Lillys Magen zog sich zusammen. „Klar. Das ist großartig."

„Wunderbar. Ich werde Mom Bescheid sagen. Sie freuen sich darauf, dich kennenzulernen."

„Gleichfalls." Sie gingen in Richtung des Weges

und vorbei an Trents Arbeitsplatz, den er zu Beginn eingerichtet hatte.

Sie waren nicht weit gegangen, bevor sie die ersten Stufen erreichten, die zum ersten Treppenabsatz zum Baumhaus führten. Sie zögerte, als sie ihn in einem Gurt vom Baum hängen sah, während er und ein anderer Mann am Boden des Baumhauses arbeiteten. Er hielt eine Nagelpistole in der Hand; sein Shirt war enganliegend und seine Muskeln waren angespannt, als er die Nagelpistole gegen das Brett drückte und den Abzug betätigte. Er arbeitete zügig und effizient, indem er das Brett nahm, das ihm gereicht wurde, und es dem Boden hinzufügte. Während sie zusah, verbaute er drei Kanthölzer. Sie lagen auf dem Treppenabsatz und warteten darauf, festgenagelt zu werden. Die Arbeit ging schnell voran. Es war leicht zu erkennen, dass er Routine darin hatte – aber sie war nicht an seiner Routine interessiert, sondern daran, ihn beim Arbeiten zu beobachten.

Sie atmete die frische Luft ein und ermahnte sich, sich zusammenzureißen. Hier ging es um ihr Baumhaus. Und die Treppenabsätze, die er gebaut hatte, waren cool. Ihr gefiel es, dass sie auf erhöhten Plattformen würde laufen müssen, um den Baum zu erreichen. Die bloße Vorstellung gefiel ihr. Trent winkte, als er sie sah. Und sie war sich sehr bewusst, dass sich Schmetterlinge in ihrem Bauch erhoben und mit ihren Flügen schlugen, als würden sie um die Wette fliegen wollen.

„Hey Trent", rief BJ. „Sieht gut aus – nicht du, sondern das Baumhaus." Ihr Bruder lachte und Trent gab ihm ein Daumen-hoch.

Dann reichte er seinem Mitarbeiter die Nagelpistole, seilte sich zum Boden ab und löste sich aus dem Gurt. „Hey, ihr seid gekommen, um es euch anzusehen." Er schüttelte BJs Hand und umarmte Olivia kurz. Dann sah er zu ihr und neigte seinen Kopf zur Seite. „Also, was meinst du?"

„Mir gefällt es", sagte sie und fühlte sich selbstbewusst. Sie sahen sich zum ersten Mal, seit er sie nach ihrer gemeinsamen Zeit am Strand zuhause abgesetzt hatte. „Mir gefällt wirklich, was du tust. Ich finde den Gehweg besonders toll."

„Gut. Wie läuft es mit dem Schreiben?"

„Gut.“

„Das ist gut.“

Sie dachte, dass, falls sie noch einmal "gut" sagten, der Grammatik-Checker im Bungalow über sie herfallen würde. Auffallende Wortwiederholungen waren eine große Sache. Aber im Moment war es scheinbar das einzige, was sie hervorbringen konnte.

Er lächelte und die Schmetterlinge in ihrem Bauch machten ein paar Sturzflüge und Loopings, die ihr Sorgen bereiteten.

Olivia rettete den Tag, als sie ihren Finger hob und auf die Plattform für das Baumhaus deutete. „Das wird bald ein echtes Haus?“

„Ja, das wird es. Ein hübsches Haus.“ Trent grinste Olivia an und dann traf sein lächelnder Blick Lillys. „Ich verspreche es.“

Lilly lächelte sah dann Olivias neugierigen Blick, wie er von ihr zu Trent wanderte, und sie wusste genau, was BJs Frau dachte. Es war nicht schwer, zu bemerken, wenn sich zwei Leute um eine Unterhaltung bemühten, die ihnen offensichtlich unangenehm war. Und die Art und Weise, wie Trent und sie einander ansahen, offenbarten augenscheinlich, dass ihre gegenseitige Anziehung – oder der Kampf, diese Anziehung nicht anzuerkennen – der Grund für die stockende Unterhaltung war. Sie war sich nicht einmal sicher, ob sie sich in ihren eigenen Gedanken richtig ausdrückte. Sie wusste nur, dass Olivia versuchte, ein Lächeln zu verbergen. Sie wusste auch, dass sie es leugnen konnte, wie sie wollte, aber sie fühlte sich sehr zu Trent hingezogen. Und dann war da noch die Tatsache, dass er verstanden zu haben schien, was sie durchmachte. Er schien Mitgefühl für das zu haben, was sie empfand. An diesem Abend, in den unausgesprochenen Worten zwischen ihnen, und wie sie jetzt hier im hellen Tageslicht stand und ihn ansah, fühlte sie sich sogar noch mehr zu ihm hingezogen.

„Bei Mom findet morgen Abend ein Abendessen statt – ungezwungen – aber es wird eine Willkommensfeier für Lilly. Kannst du kommen?", fragte Olivia.

Trent schaute zu ihr und nickte. „Klar. Ich habe mir schon gedacht, dass es irgendwann diese Woche stattfinden würde – ich war mir nicht sicher, an welchem Tag.“

„Ja, ich denke, es wird toll werden. Meinst du nicht auch?“

Lilly nickte. *Was sollte sie sagen?*

„Also, wann wird es mit den Wänden losgehen?“, fragte sie und versuchte, die Aufmerksamkeit von der merkwürdigen Stimmung abzulenken. Sie befürchtete, dass es wahrscheinlich zu spät war. Aber sie konnte es zumindest versuchen.

Er lächelte und drehte sich so, dass er die Plattform, an der sein Mitarbeiter weiter arbeitete, sehen konnte. „Es wird nicht mehr lange dauern. Jacob und ich kommen ziemlich gut voran. Wir haben geplant, den Boden diese Woche fertig zu haben und dann werden wir mit den Wänden und Stützbalken beginnen. Es unterscheidet sich ein wenig vom Hausbau. Und wie du sehen kannst, haben wir ein paar extra Treppenabsätze hinzugefügt, weil es ein wenig größer wird als ein normales Baumhaus. Und diese beiden Balken werden zusätzliche Stützkraft geben.“

Sie hatte nicht bemerkt, dass sie zwei sehr große

Stahlträger hierher transportiert und im Boden einzementiert hatten. *Wann hatte er das gemacht?*

„So wie es aussieht, scheint es riesig zu werden", sagte BJ. „Wie groß ist dieses Ding?"

Sie traf den überraschten Blick ihres Bruders. „Nicht hunderte von Quadratmetern. Aber wenn es um den Baum gebaut ist, und er darüber noch mein Büro und die kleine Terrasse hinzufügt, damit ich einen netten Ausblick habe und etwas, wo ich ein paar Schritte gehen kann, wird es vermutlich um die hundert Quadratmeter mit den Terrassen haben."

Das war die Größe eines Apartments. Eines großen Apartments. Es war weit mehr als alles, was sie bisher hatte, während sie in ihrem kleinen Wohnanhänger gelebt hatte. Und zweimal so groß wie der kleine Bungalow, in dem sie jetzt lebte. Es war die perfekte Größe.

„Ich glaube, dass es wundervoll werden wird." Olivia blickte hinauf und lächelte. Dann sah sie zurück zu Lilly. „Du wirst mich mal einladen müssen. Ich werde vorbeikommen und vielleicht eine Nacht bleiben. Wer weiß – womöglich werde ich meinen

Bruder dazu bringen, mir eines zu bauen."

Trent lachte. „Wie du weißt, baue ich die seit einer Weile. Niemand hat bisher spezielles Interesse gezeigt."

Olivia stützte eine Hand in die Hüfte und neigte ihren Kopf zu einer Seite, während sie in die lachenden Augen ihres Bruders blickte. „Bis jetzt. Womöglich wirst du Vollzeit damit beschäftigt sein, Baumhäuser zu bauen, und zwar nur für deine Familie."

„Das ist in Ordnung. Mir macht es wirklich Spaß. Und das Baumhaus für Lilly wird besonders."

Lilly musste lächeln. Er arbeitete so sorgfältig an ihrem Zuhause. Und sie war ihm dafür unendlich dankbar. Er war sehr aufmerksam, hilfreich und es ließ sich einfach nicht leugnen: Er war ein sehr netter Kerl.

Ein wenig später verließen sie Trent und gingen zurück zu ihrem Bungalow. Sie zeigte BJ und Olivia den Bungalow mit ihren neuen Möbeln. Sie erhielten auch einen kurzen Blick auf ihren unordentlichen Schreibtisch mit den vielen gelben Klebezetteln überall und ihren leeren Wasserflaschen, dem Beweis ihrer verkrochenen Existenz.

BJ starrte sie an, offensichtliche Neugier lag in seinem Blick. „Also, geht es dir gut? Sieht so aus, als hättest du dich ganz gut eingerichtet. Ich werde nicht damit anfangen, dass es mich ein wenig beunruhigt, dass du dich so eingeschlossen hast, aber ich sehe, was du tust. Und ich bin einfach froh, dich in der Nähe zu haben. Aber ich freue mich darauf, dich morgen Abend bei Violet und Sam zu sehen. Also nochmal, geht es dir gut?"

„Ja. Mir geht es gut. Tatsächlich sogar ziemlich gut. Und vor ein paar Abenden kam Trent vorbei und hat mich hier rausgezerrt, weil ihm aufgefallen war, dass ich mich ein wenig länger hier drin eingeschlossen habe, als ihm lieb war. Ich habe das Gefühl, dass du das bereits weißt. Wir sind rausgefahren und haben einen Kaffee getrunken. Er hat mich eine Weile hier herausgeholt und mir hat es tatsächlich gefallen." Sie erzählte nichts von dem Spaziergang am Strand oder ihrer Unterhaltung. Aber sie konnte an seinem erleichterten Gesichtsausdruck erkennen, dass ihr Bruder froh war, dass sie das Haus zumindest für eine Weile verlassen hatte.

„Ich bin froh, dass du draußen warst. Ich habe Trent gebeten, nach dir zu sehen. Aber ich wusste nicht, dass er dich eine Weile aus dem Haus holen würde. Ich bin froh, dass er das getan hat. Wir wissen sicher beide, dass es nicht das Gesündeste ist, wenn wir so auf Abstand bleiben, wie wir es getan haben." Er streckte seinen Arm aus, zog Olivia nahe an seine Seite und küsste ihre Schläfe. Dann schaute er wieder zu Lilly. „Olivia hat mir geholfen, das zu begreifen. Ich hoffe, dass du das auch so sehen kannst. Und dass du deine Arbeit fertigbekommst. Es freut mich, dass du diese Arbeit hast. Olivia hat dich im Internet gesucht und es war wirklich beeindruckend – wirklich sehr beeindruckend – was du vollbracht hast. Ich bin völlig verblüfft. Und freue mich wahnsinnig für dich."

Bei seinem Lob überkam sie ein zufriedener Schauer. „Danke. Ich liebe, was ich tue. Ich mochte es, wie ein Nomade in den Parks zu arbeiten, aber es hat mich nicht erfüllt. Schreiben erfüllt mich. Jedes Mal, wenn ich ein Buch veröffentliche, verspüre ich einen

Nervenkitzel. Und ich erhalte E-Mails von Lesern, die bei dem, was meinen Charaktere oder in meiner Geschichte passiert, mitfühlen. Es bedeutet mir viel, wenn sie mir schreiben, dass meine Geschichten ihnen geholfen haben oder sie inspirieren. Manchmal helfen meine Geschichten ihnen dabei, Probleme zu bewältigen. Manchmal bringen sie Leute einfach zum Lachen oder Schmunzeln oder machen ihren Tag besser. Das gefällt mir. Das verschafft mir Zufriedenheit auf eine Art, die ich vorher nicht kannte."

BJ zog sie in eine Umarmung. Sie war kurz, aber sie war gut, fühlte sich warm an. Er ließ sie ziemlich schnell wieder los, als würde er spüren, dass sie sich noch nicht an ihre Verbindung gewöhnte hatte. „Mom und Dad würden sich auch für dich freuen."

Sie lächelte und dachte an sie. „Ich weiß. Ich spüre sie. Hier." Sie klopfte sanft gegen ihr Herz, wobei sich ein Kloß in ihrem Hals bildete.

BJ nickte und schaute dann zu Olivia. „Ich schätze, wir gehen besser."

„Ruf an, falls du uns brauchst. Und vergiss nicht, mein Bruder wohnt nur die Straße runter. Er ist dort und baut dein Baumhaus. Zögere nicht, ihn jederzeit anzurufen, wenn du irgendetwas brauchst. Um ehrlich zu sein, dass du hier bist, scheint auch ihm gut zu tun. Er ist unser stiller Bruder. So ist er, seitdem er aus dem Militär ausgeschieden ist."

„Danke."

Wenig später schaute sie zu, wie sie davonfuhren. Sie winkte und dann stand sie mit verschränkten Armen da, während sie aus ihrem Blickfeld verschwanden, und ließ den Frieden der Umgebung auf sich wirken. Das Geräusch der Nagelpistole ließ sie lächeln. *Trent war dabei, ihr Baumhaus zu bauen.*

Ein Gefühl von Zufriedenheit überkam sie. Sie mochte dieses Gefühl.

Als nächstes musste sie nur das Abendessen bei Olivias und Trents Eltern zuhause überstehen.

„Jetzt musst du erst einmal schreiben. Schreiben und entspannen. Es wird alles gut werden." *Stimmt.* Mit positiven Gedanken ging sie zurück in den Bungalow und machte sich an die Arbeit.

Sie hatte sich kaum hingesetzt, als es an der Tür klopfte. Überrascht ging sie zur Tür und öffnete. Auf der Veranda stand Trend.

KAPITEL ZEHN

„Hey", sagte Trent. Ihre Gedanken waren schlagartig nicht mehr beim Schreiben, sondern nur bei der Tatsache, dass sie sich freute, ihn zu sehen. Über seine Schulter hinweg sah sie Jacob aus dem Tor fahren.

„Hey", antwortete sie und er lächelte.

„Ich mach mich gleich auf den Weg, und wollte mich kurz mit dir absprechen wegen des Abendessens bei meinen Eltern. Willst du mit mir mitfahren? Ich weiß, dass du den Weg nicht kennst, und wir kommen ja beide hierher zurück."

„Klar", antwortete sie sofort. „Ich meine, das macht Sinn."

„Genau das dachte ich auch."

„Okay. Und mir gefällt wirklich, was du da tust."

„Du weißt, dass du jederzeit willkommen bist, dir den Fortschritt des Baumhauses anzusehen. Schließlich ist es dein Projekt."

„Ich weiß. Ich muss nur arbeiten."

„Stimmt. Wie konnte ich das vergessen? Arbeitet jeder Schriftsteller vierundzwanzig Stunden am Tag?"

„Nein. Und so viel arbeite ich nicht. Ich schlafe auch."

„Nicht viel, wette ich."

Sie schaute ihn stirnrunzelnd an. „Wow, ich hatte nicht erwartet, meine Tür zu öffnen und mir einen Vortrag anhören zu müssen. Vielleicht fahre ich morgen selbst." Sie wollte die Tür schließen, aber er hielt sie eine Hand dagegen.

„Warte. Es war nicht so gemeint. Ich mache mir bloß Sorgen um dich und es hat mich alle Überwindung gekostet, seit dem Abend am Strand nicht jeden Tag herzukommen und nach dir zu sehen.

Heute war das erste Mal, dass ich hier überhaupt irgendeine Bewegung hier in deinem Bungalow gesehen habe. Ich wollte dich fragen, ob du mit mir einen Kaffee trinken gehst, aber ich nahm an, dass ich mir eine Abfuhr eingehandelt hätte, wenn ich dich zu früh gefragt hätte."

„Ich dachte, wir hätten entschieden, dass du jederzeit mit dem Angebot einer Tasse Kaffee und etwas frischem Wind in meinen Haaren kommen könntest."

„Du hast Recht. Andererseits ist es an dem Abend ziemlich intensiv geworden. Ich hatte Sorge, du könntest denken, dass ich dich dazu drängen würde, dich zu öffnen, wenn ich zu bald vorbeikäme."

Sie hatte in dieser Nacht wach gelegen, während sie in Gedanken bei Trent gewesen war und dabei, wie einfühlsam er gewesen war, als sie an ihre Vergangenheit gedacht hatte. Sie hatte die Erinnerung mit Mühe, aber erfolgreich beiseite geschoben. Es war nicht leicht gewesen. „Ich, wir, sind in zu tiefe Gewässer geraten. Mir geht es gut. Mach dir deswegen keine Sorgen."

Seine Brauen zogen sich zusammen. „Ich werde dich nicht bedrängen. Aber… okay, egal. Ich gehe besser. Ich werde morgen arbeiten und gegen halb fünf nach Hause fahren und dann zurückkommen und dich gegen halb sechs einsammeln. Ich denke, das Abendessen ist gegen sechs. Ist es immer."

„Okay, Danke."

Er gab ihr ein Daumen-hoch und ging dann mit großen Schritten von der Veranda und zu seinem Truck. Als er wegfuhr, seufzte sie erleichtert auf.

Am nächsten Abend kam Trent, wie vereinbart, um halb sechs zurück zu Lilly. Er hatte den ganzen Tag hart gearbeitet, um den Boden fertigzukriegen, und hatte die Hoffnung gehegt, dass Lilly zumindest einmal während des Tages kommen und ihr hübsches Gesicht zeigen würde. Aber wieder erschien sie nicht. Er hatte sie vom ersten Tag an, an dem sie in sein Leben getreten war, falsch eingeschätzt. Die Entwicklung von der Befürchtung, dass sie sich zu sehr in das Projekt einmischen würde, dahin, dass sie sich fast überhaupt nicht einmischte, war wirklich überraschend. Andererseits arbeitete sie auf eine Deadline hin. Und es ging ihn wirklich nichts an. Daran rief er sich selbst den ganzen Tag in Erinnerung.

Jacob hatte es nach mehreren Versuchen aufgegeben, mit ihm eine Unterhaltung zu führen. Und er hatte Trent gesagt, dass er ziemlich schlechter Stimmung war. Trent hatte nicht vorgehabt, launisch zu sein, aber er war frustriert. Er und Jacob arbeiteten die meiste Zeit über sehr gut zusammen, weil sie beide recht ruhig waren, daher war es keine große Sache.

Dennoch war Trent, als er auf Lillys Veranda trat, mehr als bereit, sie zu sehen. Sie schwang die Tür auf, bevor er Zeit hatte, zu klopfen. Und sie raubte ihm den Atem. Ihre lockigen Haare waren zu einem losen Knoten auf ihrem Kopf zusammengebunden und überall an den Seiten hingen Locken herab. Sie trug ein gelbes Sommerkleid mit goldenen und orangenen Spritzern und einem Rundhalsausschnitt. Ihre Sandalen waren golden mit winzigen Glitzer darauf. Sie sah süß und hübsch und sexy zugleich aus. Sie raubte ihm den Atem. Er schluckte schwer. „Du siehst wunderschön aus", platze es aus ihm heraus.

Sie legte ihre gespreizte Hand auf ihren Bauch, als würde sie ihre Nerven beruhigen. „Ich hoffe, ich sehe einigermaßen OK aus. Ich war mir nicht sicher, was ich anziehen soll. Daher habe ich das hier ausgegraben und gebügelt."

„Unsere Familientreffen sind wirklich entspannt, daher passt alles. Glaube mir, du siehst mehr als in Ordnung aus."

„Danke. Ich muss zugeben, dass ich wirklich nervös bin."

„Warum? Meine Familie ist toll. Und wir lieben BJ. Er ist bereits wie ein Bruder. Wir haben mit all den Jungs, die unsere Schwestern geheiratet haben, Glück gehabt. Kein Grund zur Sorge. Wirklich."

Sie sah nicht überzeugt aus. „Ich bin froh, dass du mir angeboten hast, mich abzuholen. Ich habe ernsthaft darüber nachgedacht, abzusagen."

Sie meinte es ernst. Es dämmerte ihm, dass sie viel Zeit verbracht hatte, den Kontakt mit ihrem Bruder zu vermeiden, nachdem sie ihre Eltern bei diesem Autounfall verloren hatte. „Wie alt warst du, als du mit der Arbeit in den Parks begonnen hast?"

„Siebzehn. BJ fand das zuerst nicht gut, aber er konnte nichts tun, um mich davon abzuhalten."

„Also bist du kurz nach dem Unfall gegangen?"

„Genau. Ich musste. Ich musste einfach weg. Ich ging in den Bahia Honda State Park auf den Florida Keys mit BJ, kurz nach der Beerdigung. Das war der glücklichste Ort für unsere Familie, aber ich konnte einfach nicht damit umgehen. Ich hatte Albträume und habe mir ständig Sorgen gemacht, ob nun auch BJ etwas passieren könnte. Am Ende habe ich den Kontakt einfach abgebrochen. Es half mir, besser klarzukommen. Ich hatte oft mit den Parkmitarbeitern Zeit verbracht, wenn wir zum Urlaub dort gewesen waren. Ich musste einfach untertauchen. In den Parks zu arbeiten, tat mir gut."

Er begann, das, was vorgefallen war, zunehmend besser zu verstehen. Er konnte nicht anders – er drehte sie sanft zu sich, legte seine Arme um sie und hielt sie fest. Sie legte ihren Kopf an seine Schulter und er konnte spüren, wie ihr Herz gegen seines schlug. *Was hatte sie durchgemacht?* Das Trauma, das sie durchlitten hatte, wurde ihm erst jetzt wirklich bewusst. An ihrem gemeinsamen Abend am Strand, als sie ihm das erste Mal davon erzählt hatte, hatte er gedacht, es verstanden zu haben. Doch es ging viel tiefer. Sie litt noch immer. Und die Angst stand ihr ins Gesicht geschrieben. Lag in der ganzen Anspannung ihres Körpers und in ihren Worten. Und er wollte nur eines: ihr dabei zu helfen, es zu überwinden.

„Ich bin hier, falls du einfach reden musst. Es wird in Ordnung kommen. Du hast etwas durchgemacht, das niemand durchmachen sollte. Und nun hast du Angst, erneut jemanden zu verlieren, den du liebst?" Er wusste, dass es so sein musste. Er verstand es. Er fühlte es. Er hatte es an dem Abend am Strand gefühlt. Am Ende hatten sie etwas miteinander verbunden; er wollte sichergehen, dass sie das voll und ganz verstand.

„Ich will dir erzählen, dass ich meine Verlobte bei einem Einsatz verloren habe. Sie starb, nachdem sie sich vor ihre Teammitglieder geworfen hatte, um die Kugeln mit ihrem eigenen Körper abzufangen. Sie zu verlieren, hat mich zurückgeworfen, wirklich zurückgeworfen. Ich habe lange gebraucht, um darüber hinwegzukommen. Diese Bergspitze hat mir dabei geholfen. Dieser Ort. Einen Tag nach dem anderen zu leben. Aber ich kann dir sagen, dass ich Angst habe, jemanden zu verlieren, den ich so liebe, wie ich Erica geliebt habe. Ich habe Angst, jemals jemandem mein Herz zu schenken und dass dann etwas Schreckliches passiert. Nicht da zu sein, um sie zu beschützen… Ich war nicht da, um Erica zu beschützen. Daher habe ich mir Zeit genommen. Habe meinen Stresslevel niedrig gehalten. Und meine Familie war einfach für mich da. Ich weiß nicht, ob ich diese ganze Zeit ohne das Wissen überstanden hätte, dass meine Familie da ist, mir meinen Freiraum lässt und mir einfach Zeit gibt. Aber das Wissen, dass sie da waren, war tröstend. Nicht beängstigend. Der beängstigende Teil war die Frage, ob ich mich jemals wieder verlieben und das Risiko dieser Art von Verlust eingehen könnte. Eine noch brennendere Frage war, ob ich es überhaupt verdiente, jemals wieder jemanden zu lieben, wenn Erica tot ist?

Ich glaube, dein Bruder lässt dir deinen Freiraum

– hat dir deinen Freiraum gegeben. Und wartet geduldig. Ich hoffe, du weißt – ich bin mir ziemlich sicher, das zu wissen –, dass er sofort für dich da wäre. Ich bin froh, dass du nach Windswept Bay gekommen bist." Ihr Herz schlug heftig. Er wollte sie nicht verschrecken. Er wollte nur dabei helfen, ihr den Rücken zu stärken, um ein Leben zu führen, ein erfülltes Leben, das gesund war. Er war überzeugt, dass das, was sie sich gerade antat, nicht gesund für sie war; es war ihre Art, sich zu verstecken. Aber von dem Thema hielt er Abstand. Mit der Zeit würde sie vielleicht eine Balance finden.

„Du musst einfach nur atmen und einen Schritt nach dem nächsten tun. Einen Tag nach dem anderen leben. Setze dich nicht unter Druck. Ich verspreche dir, von Seiten meiner Familie wird es keinen Druck geben. Und was ich gelernt habe, was mir jeden Tag bewusst wird, ist, dass Liebe eine wundervolle Sache ist. Der drohende Verlust macht Angst und falls es passiert, ist es, wie du weißt, schrecklich schmerzhaft. Aber die Schönheit besteht darin, dass du geliebt wirst. Deine Eltern würden nicht wollen, dass du wegen ihres

Verlusts weiterhin leidest. Ich bin mir sicher, dass sie wollen würden, dass du nach vorn schaust. Gesund und mit einem offenen Herzen."

Ihre Arme legten sich fester um ihn und sie hielt ihn einfach nur fest. Sie standen dort eine Weile, noch immer hatte sie kein Wort gesagt.

„Danke. Ich habe schreckliche Angst. Und ich habe bisher niemandem erzählt, dass ich noch mit niemandem darüber gesprochen habe."

„Dann bin ich froh, dass du mit mir sprichst."

Sie hob ihr Gesicht und er sah ihre Augen vor drohenden Tränen funkeln. Aber ihm wurde klar, dass er sie nicht weinen gesehen hatte. „Danke."

Er konnte nicht anders; er küsste ihre Stirn. Er wollte ihre Lippen küssen, aber jetzt war nicht der richtige Zeitpunkt. „Sehr gern. Und im Ernst, Danke, dass du mit mir gesprochen hast. Das bedeutet mir viel. *Du* bedeutest mir viel. In der kurzen Zeit, die ich dich kenne, habe ich mich mehr mit dir verbunden gefühlt, als mit irgendjemand sonst, seit ich Erica verloren habe. Ich sage das nicht, um dir Angst zu machen. Ich bin einfach ehrlich. Ich hoffe, dass du ehrlich zu mir sein kannst. Ich will dir helfen – wie auch immer und was auch immer ich tun kann, ich will dir helfen. Ohne Hintergedanken. Ich will dir einfach nur helfen. Ich will dein Freund sein.“

„Nochmals danke. Ich werde einen Freund brauchen.“

Er lächelte sie an. „Du kriegst das hin, Süße.“ Er küsste erneut ihre Stirn und umarmte sie fest. Wünschte sich, sie nicht loslassen zu müssen. „Also, bist du bereit dafür?“

Lillys Knie wurden weich. Sie versuchte, sich nicht zu wünschen, dass Trents Arme für immer um sie liegen könnten oder dass er ihre Lippen anstatt ihrer Stirn küssen würde. Doch all das wünschte sie sich. Sein Verhalten verursachte ihr nicht nur Magenkribbeln, sondern gab ihr auch ein Gefühl von Sicherheit. Das war ein Schritt, den sie gehen musste. Das wusste sie und sie war dankbar für seine Unterstützung. Als sie in seine beruhigenden Augen blickte, geriet ihre Welt wieder ins Gleichgewicht und sie atmete seinen maskulinen Duft ein. „So bereit, wie ich je sein könnte. Ein Schritt nach dem nächsten."

Seine Lippen verzogen sich nach oben. „Ganz genau. Geh es einfach ruhig an."

Dann ließ er sie los, nahm jedoch ihre Hand und sie gingen gemeinsam zu seinem Truck.

Einige Minuten später erreichten sie das Haus seiner Eltern auf der anderen Seite der Stadt. Es waren schon mehrere Autos dort und als sie aus dem Truck stiegen, hatte sie ein flaues Gefühl im Magen. Aber sie erinnerte sich daran, dass sie nur BJs Familie kennenlernte und das war's. *Familie.* Ihr Herz schlug heftig, als der Abend des Autounfalls, als sie ihre eigene Familie verlor, ihr durch den Kopf schoss... Sie stand dort auf der Einfahrt und war wie erstarrt.

„Alles klar mit dir?" Trents warme Stimme holte sie aus dem Schockstarre heraus, die sie beinahe in die Tiefe gezogen hätte. „Lilly?"

Sie nickte und traf seinen besorgten Blick. „Mir geht es gut." Sie atmete tief durch und zwang sich, einen Schritt nach vorn zu gehen. „Ein Schritt nach dem anderen", flüsterte sie kaum hörbar.

„Ein Schritt nach dem anderen. Du machst das gut."

Ihre Augen wurden feucht. „Danke, dass du hier bist."

Und das war er.

Trents Eltern waren ein hübsches Paar. Sein Dad, Sam, war groß; Trent und sein Zwillingsbruder, Levi, sahen ihm ähnlich. Violet hatte wunderschöne, lange graue Haare und ein herzliches Lächeln. Sie begrüßte Lilly mit einer Umarmung, die Lilly überrumpelte und sie an das Gefühl erinnerte, wie ihre eigene Mutter sie fest in den Armen gehalten hatte. Und sie begrüßten Lilly, als wäre sie ihre eigene Tochter.

„Ich hoffe, du hast Hunger. Ich habe genug für den Grill, um eine ganze Armee zu versorgen", sagte Sam.

„Ich habe Hunger." Sie war am Verhungern, aber sie war sich nicht sicher, ob ihr nervöser Magen etwas zu Essen akzeptieren würde.

„Gut, gut. Ich muss jetzt in den Garten und diese riesige Menge Fleisch auf den Grill werfen. Aber wenn du einen Moment Zeit hast, komm doch raus und erzähl mir von diesem Baumhausprojekt, das Trent für dich umsetzt."

„Okay, das werde ich." Sie sah ihm nach, wie er zur zweiflügligen Glastür ging, die zur Terrasse führte.

„Lass mich dir mit der Tür helfen, Dad." Trent öffnete die Tür und ließ seinen Dad durchgehen.

„Danke, Sohn. Gage, kannst du mir das Tablett mit den Gewürzen bringen, dann beginnen wir mit der Party."

„Mach ich, Sir", rief Gage, Shars Ehemann, und ging ihm nach, wobei er ein Tablett mit allen möglichen Zutaten darauf trug. „Macht euch keine Sorgen, Leute. Ich werde nichts irgendwo drauf streuen, außer Sam sagt es mir. Ich bin ein Grillanfänger."

„Das ist großartig, Schatz. Schau gut zu und lerne viel." Shar wandte sich zu Lilly. „Er hat nie viel gegrillt. War immer nur in Wolkenkratzern gefangen und hat große Deals abgeschlossen. Daher holt er nun alles nach, was an der frischen Luft stattfindet."

Lilly verstand erst jetzt, wie unterschiedlich das Leben ihres Bruders und seines neuen Halbbruders gewesen war, bevor sie vor einigen Monaten voneinander erfahren hatten.

Violet strahlte. „Und Sam verrät ihm gern all seine Grill-Geheimnisse."

Olivia kicherte. „Ernsthaft. Dad ist definitiv derjenige, von dem man was lernen kann. Er ist wirklich fantastisch beim Grillen. Er macht eine ganz besondere Sauce. Ich habe ihn endlich überzeugt, dass ich sie produzieren darf, sodass wir sie im Geschenkshop des Windswept Bay Resorts verkaufen und auch in der Küche bei einem Gericht verwenden können, das wir nach ihm benennen werden. Es brauchte etwas Überzeugungsarbeit, aber es ist das Richtige. Warte, bis du sie probierst."

Lilly war nun sehr interessiert an Mr. Sinclairs BBQ-Sauce. „Ich kann es kaum erwarten."

Jillian arrangierte Kuchen auf einer Servierplatte auf dem Küchentresen. Es war leicht zu erkennen, dass sie schwanger war. „Olivia macht ihren Marketing-Abschluss wirklich zu nutzen, jetzt, da sie uns mit dem Resort hilft. Sie ist erst vor kurzem zurückgezogen und BJ kennenzulernen, hat geholfen, sie hier zu halten."

Sie hielt mit dem Anrichten der Kuchen inne. „Wir sind deinem Bruder sehr dankbar, dass er ihr Herz gewonnen und ihr einen Grund gegeben hat, nicht nach Hollywood zurückzukehren."

„Ich bin auch froh, dass er Olivia gefunden hat", stimmte sie zu.

„Du bist nicht glücklicher darüber, als ich es bin", schaltete sich Olivia ein. „Vor allem seitdem du und Ryan mich in etwa zwei Monaten zur Tante machen werdet. Größtes Ereignis des Jahrzehnts!"

„Ich wollte gerade wegen des Babys fragen. Du bist also etwa im siebten Monat?" Früher wollte Lilly unbedingt Kinder. Als Mädchen hat sie viele Stunden mit ihren Puppenbabys gespielt. Aber jetzt, wie dies auch für viele andere Dinge galt, musste sie zuerst ihre Vergangenheit überwinden.

„Nicht ganz. Noch zwei Wochen, und dann bin ich im siebten Monat. Dieses kleine Mädchen ist winzig, daher bin ich nicht so dick. Ich habe allerdings das Gefühl, dass ich nächsten Monat so richtig an Gewicht zulegen werde. Aber das ist in Ordnung für mich, solange sie gesund ist."

Lilly nickte und ertappte Trent dabei, wie er sie beobachtete. Er lächelte ihr bekräftigend zu und sie erwiderte sein Lächeln. Der Abend hindurch lernte sie jeden nacheinander kennen. Sie fühlte sich sehr willkommen und versuchte, ihren flauen Magen zu ignorieren. Aber je länger der Abend wurde, desto mehr wusste sie, dass sie womöglich in ziemlich großen Schwierigkeiten steckte. Denn was sie schnell erkannte, war, dass die Sinclair-Familie ein fürsorglicher Haufen war, der sie sofort wie ein Familienmitglied behandelte. Und sie erkannte, dass es sehr schwer werden würde, sie nicht zu mögen.

In ihrem Herzen erwachte ein Verlangen für das, was sie hatten. Was sie verloren hatte… Leute, die sich Sorgen machten, ob sie gut zu Hause ankam, nachdem sie sie verlassen hatte. Oder Leute, die einfach wissen wollten, wie ihr Tag verlaufen war. Und jeder wollte etwas über ihre Bücher wissen. Die Frauen hatten bereits im Internet nach ihr gesucht und Exemplare bestellt, um sie im Geschenkshop des Resorts zu verkaufen.

„Leute brauchen für den Strand immer etwas

Gutes zu lesen", sagte Cali. „Würde es dir etwas ausmachen, die Bücher zu signieren, wenn sie ankommen? Wenn das nicht zu viel verlangt ist."

„Das würde ich liebend gern. Und danke, dass ihr daran gedacht habt, sie im Resort auszulegen."

„Oh, na klar. Sie sind ein echtes Vergnügen", sagte sie.

„Ich lese gerade eines", sagte Shar. „Und es gefällt mir richtig gut."

Lilly bekam das Gefühl, dass Shar nie etwas sagte, was sie nicht so meinte. Daher fühlte sie sich geehrt.

„Das freut mich." Lilly genoss es, die Schwestern und ihre unterschiedlichen Persönlichkeiten kennenzulernen. Trotz der Tatsache, dass Olivia, Jillian und Shar Drillinge waren, sah Cali, die ein paar Jahre älter und blond war, eher nach der dritten Drillingsschwester aus als Shar. Shar hatte dunkles Haar und eine sehr lebhafte Persönlichkeit. Sie war ganz anders als die drei Schwestern. Sie fand, dass Shar eher Violet ähnlich sah, aber dass die anderen drei die Persönlichkeit ihrer Mutter hatten.

Lilly genoss es sehr, sie alle als Gruppe

kennenzulernen.

Calis Ehemann Grant, der berühmte Künstler, kam zu ihr, um sich ihr vorzustellen. Sie war fasziniert von seinen Bildern, wie er es von ihren Büchern war.

„Ich liebe deine Bilder. Ich habe die Wandmalereien im Resort gesehen.“

„Ich hoffe, sie gefallen dir. Ich bin immer stolz darauf, mit meiner Arbeit die Aufmerksamkeit auf das Meer und Unterwasserwelt zu lenken.“

Das führte zu einer Unterhaltung über Meeresschildkröten und Shars Arbeit im Windswept Bay Krankenhaus für Meeresschildkröten. Das faszinierte Lilly.

„Ich liebe es, Leute mit meiner Leidenschaft für Meeresschildkröten mitzureißen.“ Shars Augen leuchteten, während sie sprach. „Hast du je darüber nachgedacht, über sie zu schreiben?“

Lillys Kopf drehte sich bereits vor lauter Inspiration. „Ich erinnere mich daran, als mein Dad und meine Mom mich und BJ zum Urlaub mit in den Bahia Honda State Park auf den Florida Keys genommen haben. Mir hat es dort sehr gefallen und wir haben dort mehrere Wochen im Urlaub verbracht. Es ist direkt auf der anderen Seite der Seven Mile Bridge und in Marathon Key gibt es ein Krankenhaus für Meeresschildkröten. Dad hat uns dort mit hingenommen. Mir hat es sehr gefallen. Ich habe darüber nachgedacht, eine Romanreihe in den Keys spielen zu lassen, und die Meeresschildkröten miteinzubauen, wäre perfekt. Mehrere Male haben sie dort Schildkröten gerettet, während wir dort waren, und oft wurden Schildkröten zurück ins Meer gelassen, nachdem sie wieder gesund waren. Es war immer ein großartiges Gefühl, diese riesigen, sanften Kreaturen zurück in ihren natürlichen Lebensraum schwimmen zu sehen. Hättest du was dagegen, wenn ich mal für eine Tour ins Krankenhaus komme?"

Shars Gesichtsausdruck erhellte sich. „Das fände ich wunderbar. Überhaupt alles, was die Aufmerksamkeit auf meine Meeresschildkröten lenkt, wäre fantastisch. Vielleicht magst du mal mit mir morgens am Strand joggen. Ich gehe jeden Morgen an verschiedene Strände, um sie zu überprüfen."

Jillian mischte sich gelegentlich in die

Unterhaltung ein. Jetzt umarmte sie Shar. „Das ist unsere Superwoman", sagte sie offensichtlich stolz. „Sie läuft jeden Morgen auf der Suche nach Nestern oder Babys oder verletzten Schildkröten an einem anderen Strandabschnitt entlang. Niemand kümmert sich so sehr um sie wie Shar dies tut. Sie ist unglaublich hingebungsvoll."

Lilly fühlte sich komplett zu dem hingezogen, was Shar da tat. „Das wäre großartig. Das würde mir wirklich sehr gefallen. Ich bin gerade dabei, ein Buch fertigzuschreiben, und bin fast fertig. Seitdem ich hierhergezogen bin, ist meine Schreibgeschwindigkeit ziemlich durch die Decke gegangen. Ich bin meinem Zeitplan bereits voraus. Wenn ich mich ranhalte, kann ich vielleicht in ein paar Tagen fertig sein. Und dann würde ich als Recherche für mein nächstes Buchprojekt liebend gern mit dir die Strände kontrollieren."

Sie konnte Trent in der Nähe sehen. Er sprach mit Levi und BJ. Er drehte sich um, um sie anzusehen. Er lächelte breit und hatte offensichtlich die Unterhaltung mitgehört. Er zwinkerte ihr zu und nickte. Sie wusste, dass ihm sehr gefiel, was sie gesagt hatte. Sie erwiderte sein Lächeln und ihr Herz wurde warm.

Shar war genauso begeistert. Aber der Abend endete dort nicht. Als Max und seine Frau Kelsey eintrafen, lud sie Lilly zu den Pferdeställen ein, deren Leitung sie für Cam übernommen hatte. „Falls du noch nie mit einem Pferd über den Strand geritten bist, wirst du es lieben.“

Max nickte zustimmend. „Dafür kann ich mich verbürgen. Kelsey ist eine gute Lehrerin und das sage ich nicht, weil sie meine Frau ist. Sie ist fantastisch. Ich sehe ihr gern dabei zu, wenn die sie Kinder unterrichtet.“

Lilly gefiel die Vorstellung. Sie war noch nie viel geritten und vor allem nicht am Strand. Es war offensichtlich, dass Max verrückt nach Kelsey war.

„Das werde ich tun, so bald ich Zeit habe.“ Sie erwischte Trent, wie er sie erneut beobachtete. Und plötzlich bekam sie das Gefühl, dass er womöglich seine Familie gebeten hatte, sie einzuladen. Aber andererseits waren sie alle sehr natürlich im Umgang mit ihr. Er hatte an jede Möglichkeit gedacht, ihr zu helfen, damit sie sich wohlfühlte. Ihr wurde schlagartig bewusst, dass dieser Besuch ganz anders verlief war, als sie erwartet hatte. Sie war nicht mehr nervös oder ängstlich. Sie hatte tatsächlich Spaß. *Wie war es dazu gekommen?*

Jessica und Kevin kamen spät hinzu; sie waren bei einer Geburtstagsfeier gewesen, zu der Kevin eingeladen gewesen war. Sie umarmte den Jungen.

„Ich will, dass Onkel Trent und Onkel Jake mit mir und den Hunden spielen. Willst du auch mitspielen?"

Seine großen Hunde rannten zum Strand. Sie sah sie durch die Fenster, von denen aus man den Strand überblicken konnte. „Natürlich, das würde ich gern."

Und so fand sie sich draußen am Strand mit Trent und dem kleinen Kevin und Jake wieder, der ebenfalls später gekommen war, weil sein Tauchausflug länger gedauert hatte. Als sie die Jungs mit Kevin und den Hunden am Strand herumtoben sah, war es offensichtlich, dass alle Kevin wahnsinnig gern hatten. Und das Kind hatte sie gern. Sie hatte noch nie so viel Gelächter gehört. Die Hunde bellten und rannten und

Kevin warf ihr die Frisbee zu. Sie sprang hoch und fing sie.

„Lauf", rief Kevin, hüpfte auf und ab und winkte mit seinen Armen.

Sie tat, wie ihr gesagt wurde, und rannte los. Die Hunde sprangen neben ihr, bellten und dann überholte Trent sie und packte sie an der Taille und hob sie vom Boden hoch. Sie lachte, als Jaco Trent in den Weg lief, sie stolperten und in den Sand fielen. Sie rollte zu einer und er zur anderen Seite. Der große Hund beugte sich über sie und schaute sie an. Trent rollte sich zu ihr zurück und grinste wie ein Kind, das einen tollen Tag am Strand hatte. Er sah mit seinen funkelnden Augen so lebendig aus.

„Geht es dir gut?" Er stützte sich auf einen Ellbogen und schaute zu ihr.

Sie setzte sich auf, ihr Herz raste. „Mir geht es fantastisch. Ich habe sehr viel Spaß."

Kevin sprang auf Trents Rücken und auch die Hunde stürzten sich auf ihn. Sie und Jake sahen zu, während Trent Kevin auf seinem Rücken hielt und ihn kitzelte.

„Onkel Trent." Kevin kicherte und grinste sie an. „Ich mag Lilly. Und du?"

Trent sah zu ihr und seine Miene wurde ernst. „Ja, ich mag sie sehr, Kevin." Sein Blick blieb auf ihren gerichtet.

Schmetterlinge wirbelten durch ihren Bauch, während sie tief durchatmete. Jake beugte sich nach unten, nahm Kevin hoch in seine Arme und warf ihn über seine Schulter. „Los geht's, Kleiner. Zeit für das Abendessen. Wir treffen euch beide in ein paar Minuten." Er warf ihnen ein Grinsen zu und joggte dann davon. Den kichernden Kevin hatte er über seine Schulter geworfenen.

Trent lächelte sie an. „Er ist ein tolles Kind", sagte er und dann wurde seine Stimme sanfter. „Also, wie geht es dir?"

„Mir geht es gut. Deine Familie ist wahnsinnig nett."

„Ja, ist sie. Aber ich weiß, dass das schwer für dich ist. Ist es okay?"

„Ist es. Ich wollte nie, dass du denkst, dass ich mir auf negative Art Sorgen wegen deiner Familie mache.

Es ist genau das Gegenteil. Ich mache mir Sorgen, dass ich zu sehr Anschluss bei deiner Familie, BJs neuer Familie finde. Ich bin mir nicht sicher."

Es war die Wahrheit und sie wusste nicht, wie sie es anders sagen sollte.

Trent fühlte Lilly mit. Sie hatte keine Ahnung, wie angeschlagen sie aussah.

Sie räusperte sich. Ihre Lippen zitterten. „Ich bin mir nicht sicher, ob ich mein Herz je für eine andere Familie öffnen könnte, wenn ich schreckliche Angst hätte, sie erneut zu verlieren."

Trent konnte nicht anders; er umschloss ihr Kinn mit seiner Hand und strich zärtlich mit seinem Daumen über ihre weiche Wange. „Ich weiß. Das ist mir klar geworden. Ich hatte dieselben Probleme. Wir haben ein wenig darüber geredet. Ich habe Erica verloren und ich hätte nie gedacht, dass ich es verdienen könnte oder wollen könnte, wieder jemanden zu lieben. Aber vor allem hätte ich nie gedacht, dass ich es zulassen würde, wieder jemanden zu lieben mit der Gefahr, die Person dann verlieren zu können. Ich empfinde genauso wie du. Jemanden zu lieben, heißt, unser Herz zu entblößen, es nicht nur für das Versprechen von Liebe zu öffnen, sondern auch für den drohenden Verlust. Liebe und Verlust gehen Hand in Hand. Das wissen wir beide."

Sie nickte, hörte seine Worte und wusste, dass er den Kern ihres Problems getroffen hatte.

„Lilly, du hast deine Eltern verloren. Du hast den Schrecken des Moments durchlebt, als du sie verloren hast. Du konntest nicht zu ihnen gelangen, ihnen nicht helfen und hattest dort liegen und das wissen müssen. Es ist schwer, darüber hinwegzukommen."

„Fühlt es sich für dich auch so an?"

„In vielerlei Hinsicht. Ich wäre froh gewesen, die Kugeln für Erica abzufangen, wenn ich dagewesen wäre. Sie hatte die Treffer absichtlich auf sich genommen. Und ich lebe jeden Tag in dem Wissen, dass ich nicht für sie da war, und das bringt mich um. Aber weißt du, was mir wegen dir klar geworden ist? Lilly, sie hat das getan, weil sie die Person war, die sie war. Sie war mutig und stark und hat für ihr Land und ihr Team alles gegeben. Sie hat diese Entscheidung im Bruchteil einer Sekunde getroffen. Aber ich wollte, dass sie lebt, und sie hätte gewollt, dass ich lebe, weil sie mich liebte. Aber ich war nicht in der Lage gewesen. Seit ich dich kenne, will ich das erste Mal wieder tatsächlich gänzlich leben – ohne Bedingungen. Ich sage dir das nicht, um dich zu verschrecken oder damit du dich unwohl fühlst. Ich versuche nur, dir klarzumachen, dass mir deine Situation die Augen geöffnet hat. Ich kann dir sagen, dass Erica gewollt hätte, dass ich weitermache. Dass ich das Geschenk, dass sie mir und alle anderen an diesem Tag, an dem sie ihr Leben verlor, gemacht hat, nicht verschwende." Er verstummte und ließ das alles wirken.

„Das hätte sie", sagte Lilly leise.

Er wollte unbedingt, dass sie die Wahrheit sah. „Deine Eltern würde für dich dasselbe wollen. Sie hätten nicht gewollt, dass du hättest sterben und sie hätten leben müssen. Nicht wenn es eine der beiden Möglichkeiten hätte sein müssen. Woher weiß ich das? Weil du ihr Kind warst. Und dich zu kennen, heißt, dich zu lieben. Und daher hoffe ich, dass du dich entspannst und dir einfach erlaubst, wieder zu leben. Verlust ist natürlich, eine Tragödie ist es nicht. Aber du musst weitermachen. Du musst vorwärtsgehen, für all, die an der Situation beteiligt sind. So fühle ich … jetzt. Jetzt, da ich mit meinem Herzen klar sehe. Lass uns einfach reingehen und das Essen genießen, wenn nicht für dich, dann für BJ. Und dann werde ich dich zurück nach Hause bringen und du kannst entspannen und schreiben – denn Schreiben ist deine Komfortzone. Und du kannst dieses neue Leben einfach ruhig angehen lassen. Und falls du nicht alles annehmen kannst, dann nimm einfach das an, was du kannst. Aber ich hoffe, du rennst nicht von allem davon."

Er fuhr mit seinem Daumen ein letztes Mal zärtlich über ihre Wange und ließ dann seine Hand sinken. Er wollte keinen Druck auf sie ausüben oder sie noch mehr verschrecken, als es seine Worte womöglich schon getan hatten. Er konnte in ihrem Gesicht ablesen, dass sie unsicher war, aber er dachte, dass sie vielleicht auch nachdachte.

Er wollte mehr, aber auf gar keinen Fall würde er

Lilly unter Druck setzen.

„Danke“, sagte sie sanft. „Bitte verlieb dich nicht in mich. Ich kann dir nichts versprechen. Und das Letzte, was ich will, ist, dich zu verletzen. Ich fühle mich zu dir hingezogen, Trent. Das kann ich auf keinen Fall abstreiten. Aber ich bin beschädigt. In so vielerlei Hinsicht gebrochen.“

„Ein Tag nach dem anderen.“

Sie schluckte schwer und schaute einen kurzen Moment weg, ehe sie erneut seinen Blick traf. „Aber ich werde weiterhin einen Tag nach dem nächsten nehmen. Also lass uns das machen.“

Er lächelte. „Das ist die Frau, die ich kenne.“ Er stand auf und hielt ihr seine Hand hin. Sie ließ ihre in seine gleiten und er zog sie hoch. Jede Faser seines Seins wollte sie an sich ziehen, ihre süßen, weichen Lippen küssen und sie festhalten. Aber er durfte sie nicht bedrängen. Nicht bei allem, womit sie momentan fertig werden musste.

Vorerst würde er einfach für sie da sein.

KAPITEL ELF

Lilly starrte auf ihren Bildschirm, rieb sich die Augen und tippte dann: „Ende." Sie hatte es geschafft. Ihre Augen schmerzten und juckten und sie brauchte Augentropfen. Sie brauchte Kaffee, aber Schlaf brauchte sie noch mehr.

Sie lehnte sich in ihrem Stuhl zurück und streckte sich, wobei sie kurz auf die Uhr und das Datum auf ihrem Telefon schaute und dann den Kopf schüttelte. Es war fünf Tage her seit der Party bei Trents Eltern. Sie war aufgewühlt gewesen, als sie zuhause angekommen war, aber sie hatte es für sich behalten.

Es war ein sehr schwieriger Abend für sie gewesen. Trent war so verständnisvoll, so sehr behutsam gewesen. Und seine Gedanken waren so klar gewesen, als er ihre Hand genommen und sie vom Strand zurück geführt hatte, um am Abendessen teilzunehmen. Sie hatte sich dazu gezwungen, sich zu entspannen – nein, nicht wirklich: sie *hatte* sich entspannt.

Es war nur schwer zuzugeben, dass sie Spaß gehabt hatte.

Die Tatsache, dass sie sich komplett entspannt hatte, faszinierte sie. Das Essen war köstlich gewesen und sie hatte es sehr genossen, Zeit mit allen zu verbringen. Auch wenn sie sich schuldig fühlte, eine gute Zeit gehabt zu haben.

Sie versuchte, die Schuldgefühle beiseite zu schieben, und sagte sich, dass das normal war. Sie musste mit ihrem Leben weitermachen.

Aber zuerst würde sie ein wenig schlafen. Sie ging ins Schlafzimmer, krabbelte ins Bett und schloss die Augen.

Am Morgen des sechsten Tages nach der Feier musste sich Trent zur Arbeit zwingen. Seitdem er sie nach der

Feier abgesetzt hatte, hatte er sie nicht gesehen. Ihm blieb nichts anderes übrig, als sich davon abzuhalten, an ihre Tür zu klopfen. Er belud gerade seinen Truck und war dabei, den Berg hinaufzufahren, als BJ anrief.

„Hast du sie schon gesehen?" BJs Stimme klang schroff, gereizt. Sie klang genauso, wie Trent sich fühlte. BJ hatte fast jeden Morgen angerufen und Trent hatte ihm eingeredet, Lilly nicht zu stören. An diesem Morgen sagte er dasselbe, was er jeden Morgen sagte.

„Ich habe sie noch nicht gesehen, BJ. Aber sie braucht Zeit. Deine Schwester hat eine Menge um die Ohren. Mehr als du dir vorstellen kannst. Doch ist sie eine starke Frau."

BJ war still am anderen Ende der Leitung. „Olivia meinte, dass Lilly jede Bewegung der Familie mit hungrigen Blicken beobachtet hätte. Ich mache mir Sorgen um sie."

„Hab einfach Geduld. Gib ihr ein wenig mehr Zeit. Sie hat gewisse Fortschritte bei der Feier gemacht. Das kann nicht über Nacht passieren."

„Das verstehe ich. Ich will, dass Lilly Teil meines Lebens ist."

„Dann verscheuch sie nicht. Verschreck sie nicht.“

„Okay. Aber falls sie in diesem Haus ist und verletzt ist und Hilfe braucht –“

„Sie ist ein gesunder Mensch. Und sie wird sich nicht selbst verletzen. Sie versucht gerade, ihr Buch fertigzuschreiben. Und ich bin überzeugt, dass sie schreiben muss. Hast du eines ihrer Bücher gelesen, seitdem du ihren Künstlernamen kennst?“

„Nein, hab ich nicht. Olivia hat eines gelesen und meinte, es wäre gut.“

„Ihre Geschichten sind gut. In ihnen geht es um Liebe. Aber ihre Geschichten drehen sich auch um Gemeinschaft. In ihren Geschichten hat sie eine Gemeinschaft. Und Familie. Hörst du, was ich sage, BJ? Sie hat in ihren Büchern das erschaffen, was sie vermisst. Sie wendet sich für das, was sie braucht, ihren Büchern zu. Familie, Liebe, Fürsorge, Heilung. Ich denke, sie ist hierhergekommen, weil sie wusste, dass es Zeit ist, vorwärtszugehen. Und das wird sie. Du musst ihr nur ein paar mehr Tage geben.“

„Okay. Ein paar mehr Tage und dann werde ich bei ihr vorbeigehen.“

„Wir hören uns." Trent beendete den Anruf, nachdem sich BJ verabschiedet hatte. Er stand einen Moment dort auf der Auffahrt und schaute den Berg hinauf. Und dann stieg er in seinen Truck und fuhr zum Coffee Shop.

Als Lilly aufwachte, war es sieben Uhr am Morgen des sechsten Tages nach der Feier. Sie streckte sich und ging dann unter die Dusche, um sich für den Tag fertigzumachen. Sie fühlte sich energiegeladen, als sie den Weg entlangjoggte, um sich den Fortschritt anzusehen, den Trent erreicht hatte, während sie auf die Tasten ihres Computers gehämmert hatte. Sie stolperte fast vor Überraschung, als sie sah, dass das Baumhaus von außen komplett fertig gebaut war. Selbst ihr oberes Stockwerk hatte Wände. Sein Ein-Mann-Team Jacob, hatte die Bretter fast schneller festgenagelt als sie getippt hatte. Es war absolut beeindruckend.

Und es war wunderschön. Sie lief die ersten Stufen hinauf und dann den Weg entlang und die nächsten paar Stufen hinauf. Dann joggte sie zu den nächsten Stufen und ging den letzten Absatz hinauf, sodass sie ihre Terrasse betreten konnte. Ihr Herz schlug heftig vor Aufregung, als sie sich umdrehte und hinab auf den Boden und den unberührten Wald um sich herum blickte. Sein Design passte als Teil der Umgebung zu den Bäumen. Sie ging zum Eingang hinüber, der noch keine Tür hatte, und trat ein. Das Innere war natürlich noch nicht fertig, aber das Gerüst stand und sie lachte vor Bewunderung. Die Treppen zum oberen Stockwerk waren bereits gebaut und sie ging nach oben. Sie war entzückt, als sie bemerkte, dass sie den Raum betreten konnte. Der Ausblick bot alles, was sie sich erträumt hatte. Nichts als Seegrün und Töne von hellem Blau soweit das Auge reichte.

„Wie findest du es?", rief Trent und lenkte ihre Aufmerksamkeit nach unten. Er stand auf der ersten Plattform des Gehweges und grinste zu ihr hinauf.

„Ich finde es ganz wunderbar!"

„Gut. Du siehst großartig dort oben aus. Und ich bin froh, endlich dein lächelndes Gesicht zu sehen."

„Du bist unglaublich. Du und Jacob, ihr habt

magische Arbeit geleistet. Wie habt ihr das geschafft?"

„Die Außenwände gehen schnell, wenn nichts verändert werden soll." Er lächelte. „Da du nicht hier warst, gab es nichts zu verändern."

„Aber musste es auch nicht. Mir gefällt das hier. Ich kann kaum erwarten, wie es aussieht, wenn du fertig bist."

„Moment, ich bin gleich zurück. Ich muss etwas holen." Er rannte die Treppen nach unten und den Pfad entlang. Innerhalb weniger Minuten kehrte er zurück und trug einen Pappbecher mit Kaffee. „Ich habe dir das hier mitgebracht, in der Hoffnung, dass ich dich heute sehe. Ich habe angefangen, einen echten Kampf mit mir auszufechten, nicht deine Tür einzutreten."

„Du meinst also, dass ich genau im richtigen Augenblick rausgekommen bin?"

„Oh ja. Weißt du, wie oft ich deinem Bruder ausreden musste, vorbeizukommen und genau das zu tun? Er macht sich Sorgen um dich."

Er verschwand im Haus und sie verlor ihn aus dem Blick. Sie war dankbar, dass er sie nicht gestört hatte. Sie hatte die Zeit gebraucht. Aber jetzt war sie sich nicht sicher, was sie brauchte. Außer diesem Kaffeebecher, den er trug.

Und vielleicht ein wenig Zeit mit Trent.

Okay, also sie hatte mehrere Momente gehabt, in denen sie sich hatte davon abhalten müssen, an ihn zu denken. Trent war in ihr Innerstes vorgedrungen und jetzt musste sie einfach herausfinden, was sie mit diesem Gefühl anfangen würde.

„Hey." Sein Kopf tauchte über dem Treppenabsatz auf und dann kam er zu ihr. Er grinste und gab ihr den Kaffee. Ihre Finger streiften sich und sie fühlte sich sofort ein wenig benommen und wackelig in den Knien. *Guter Gott, das war lächerlich. Sie war nicht bereit dafür.*

„Danke. Du weißt, dass ich mich die letzten fünf Tage danach gesehnt habe. Na ja, nicht tatsächlich fünf, da ich etwa fünfzehn Stunden geschlafen habe. Aber für gute vier Tage wollte ich das." Sie hatte auch ihn gewollt, aber sie wagte nicht, das zu sagen. Es war zu beängstigend, um überhaupt darüber nachzudenken.

Und dennoch wusste sie es von ganzem Herzen.

Sie genoss ihre ersten Schlucke des Kaffees.

„Danke. Genau das brauche ich. Und es ist nur angemessen, dass ich meine erste Tasse Kaffee in meinem Baumhaus mit dir trinke." Sie hob ihm ihren Becher entgegen. „Prost, auf dich und auf das, was du hier geschafft hast."

„Es hat Spaß gemacht. Hast du dein Buch fertig?"

„Hab ich. Und ich denke, es ist eines meiner besten. Meine Leser werden es mögen, glaube ich. Es ist unterhaltsam und romantisch."

„Klingt großartig."

„Ich werde heute bei den Meeresschildkröten vorbeischauen. Falls Shar Zeit hat. Und morgen werde ich zu Kelsey zu den Ställen fahren. Ich nehme mir eine Auszeit, um meine Umgebung zu erkunden. An einem Tag werde ich auch mit deinen Schwestern im Resort zu Mittag essen. Aber jetzt, da du all das fertig hast, ist es an der Zeit, Schränke und die Innenausstattung auszusuchen?"

„Ja. Wenn du deine Ausflüge am Donnerstag machst, dann können wir vielleicht zu den Zulieferern fahren und du kannst anfangen, dir auszusuchen, wie dein Innenbereich aussehen soll."

„Ich kann es kaum erwarten!"

„Freut mich. Würdest du heute Abend gern eine Tour mit dem Motorrad machen?"

„Das wäre toll."

„Ich komme gegen sieben vorbei?"

„Klingt nach einem Plan."

Und dann lief sie die Stufen hinunter, ging in ihren Bungalow und dann zu ihrem Truck. Aufregung kribbelte in ihrem Innern. Sie hatte gewusst, dass sie etwas Distanz zwischen sie bringen musste. Aber sie hatte die Motorradtour mit Trent nicht ablehnen können.

An diesem Abend war Lilly bereits fertig, als Trent auf seiner Knucklehead vorfuhr. Sie hatte einen wundervollen Tag gehabt. „Bist du schon mal dort gewesen?", fragte sie ihn. „Es ist unglaublich. Sie retten so viele Meeresschildkröten und schützen sie von allen möglichen Problemen."

„Ich bin dort gewesen. Sie leisten eine bemerkenswerte Arbeit."

Sie setzte sich auf das Motorrad, schnallte ihren Helm fest und legte dann ihre Arme um Trent. Sie fuhren die gewundene Küstenstraßen entlang und es fühlte sich gut an, die späte Nachmittagssonne auf ihrer Haut zu spüren. Auf dem Wasser in der Bucht waren jede Menge Windsurfer. Sie machten einen Halt, um ein Eis zu holen, setzten sich dann an einen Picknicktisch und beobachteten das Treiben.

„Du wirkst entspannter." Trent setzte sich neben sie auf die Bank und tauchte seinen Löffel in sein Butter Pecan Double Dip.

„Ich entspanne mich so nach und nach. Ich dachte, es würde schwer werden, mich mehr zu auf Dinge einzulassen. Doch es ist leichter, als ich annahm. Das liegt sicher auch daran, dass es mir hier so gut gefällt. Und das Schreiben ist mir nie leichter gefallen. Das war ein kleiner Schock für mich."

„Warum?"

„Ich bin mir nicht sicher." Sie versuchte, sich auf die Surfer und die Unterhaltung zu konzentrieren, aber sie war mit ihrer Aufmerksamkeit ganz bei Trent. Es war drei Wochen her, seit sie sich kennengelernt hatten. Sie hätte ihm sehr wohl erzählen können, dass der Held ihres letzten Buches zu einem Abbild von ihm geworden war und das geholfen hatte, einen Teil ihres Prozesses in Gang zu bringen… der Charakter hatte sich beinahe selbst geschrieben, nachdem sie von Trent inspiriert worden war.

Sie tauchte ihren Löffel in ihr Erdbeereis und genoss die Süße. Sie zwang sich, Trent nicht anzustarren und sich Dinge zu fragen, zu denen sie nicht bereit war.

Aber eine Stunde später, als er sie bei ihrem Haus absetzte, fragte sie sich noch immer. Er brachte sie zur Tür, wie er es immer tat, und ihr Herz schlug ihr bis zum Hals, als sie auf der Veranda stehen blieben. Sie schloss die Tür auf und als sie sich umdrehte, stand er nahe bei ihr. Sie atmete seinen Duft ein und bekämpfte das Verlangen, ihre Arme um seinen Hals zu legen.

„Lilly." Er sprach ihren Namen zärtlich aus und schob ihre Haare hinter ein Ohr. Sie war sich sicher, dass er sie küssen würde. Schmetterlinge tanzten in ihrem Bauch, als sein Blick auf ihren Lippen verweilte. Doch dann blinzelte er und trat zurück. „Ich gehe besser. Morgen habe wir einen vollen Tag vor uns."

Er ging mit schnellen Schritten von der Veranda und sie sah ihm verblüfft nach. „Läufst du vor mir weg?", fragte sie und hatte ihre Stimme plötzlich nicht mehr unter Kontrolle, wie es schien.

„Hast du Angst?" Er drehte sich zu ihr.

„Ja." Sie hob eine Augenbraue und fragte sich selbst, ob sie nicht mehr ganz bei Sinnen war.

„Habe ich tatsächlich." Er ging wieder auf sie zu. „Ich habe dir bereits an dem Abend bei meinen Eltern gesagt, was ich für dich empfinde. Ich habe keine Witze gemacht. Aber das Letzte, was ich tun will, ist, dich zu etwas zu drängen."

Sie war sechsundzwanzig Jahre alt, stand vor einem Mann und fühlte Dinge, die sie nie zuvor gefühlt hatte. Und sie war nicht bereit, einen Rückzieher zu machen. „Was, wenn ich will, dass du mich drängst?" *Sie war dabei, sich in so große Schwierigkeiten zu bringen.* Sie ging auf ihn zu. „Ich bin vorsichtig und verängstigt, das stimmt. Aber Trent, ich bin auch… eine erwachsene Frau, die einen umwerfenden Mann kennengelernt hat, der die

Grenzen jeder Emotion, die ich empfinde, verwischt. Und ich bekomme dich nicht aus meinem Kopf."

Sie berührten sich beinahe, als er sie ansah sah. Sein Kiefer spannte sich an und er legte seine Arme um sie. „Du bist alles, woran ich denke." Und dann küsste er sie.

Sie atmete zittrig ein, gerade als seine Lippen ihre berührten. Die Zeit schien stehenzubleiben.

Dann lief sie weiter wie ein Kaleidoskop von Farben, die sich vermischten.

Sein Herz schlug so heftig wie ihr eigenes und dann zog er sich zurück. „Aus diesem Grund habe ich dich bislang noch nicht geküsst, Lilly. Ich weiß, dass sobald ich anfange, dich zu küssen, ich nicht mehr aufhören möchte. Für mich ist das kein Test, um zu sehen, ob du bereit für ein Date bist. Ich wusste schon ziemlich früh, dass ich dich will. Ich will dich nicht verschrecken, aber ich will dir auch nichts vormachen. Ich habe einmal jemanden verloren, aber ich bin bereit, alles zu riskieren, um dein Herz zu gewinnen."

Sie konnte kaum atmen. Sein Kuss hatte ihre Welt auf den Kopf gestellt. Und jetzt seine Worte. „Oh", war alles, was aus ihrem Mund kam.

Er lächelte und schüttelte kaum merklich seinen Kopf. „Geh rein, Lilly. Schlaf gut. Wir haben morgen einen anstrengenden Tag vor uns. Wir werden es so langsam angehen, wie du willst, aber ich nehme es sehr ernst. Falls du entscheidest, dass diese Beziehung zu irgendetwas führt."

Und dann stieg er auf seine Harley und fuhr davon und ließ sie mit dem Gefühl zurück, ein Dummkopf zu sein, weil sie nicht in der Lage gewesen war, zusammenhängende Worte zu formulieren. Und weil sie ihm nicht gesagt hatte, dass sie ihn liebte.

Sie konnte nicht. Ihr mochte gerade erst klar geworden sein, dass sie ihn liebte, aber sie war sich nicht sicher, ob sie damit umgehen konnte.

KAPITEL ZWÖLF

In der nächsten Woche waren sie damit beschäftigt, Arbeitsplatten und Schränke auszusuchen. Es stellte sich heraus, dass Jacob und Trent beide sehr gut darin waren, Schränke zu bauen, und daher beauftragte Lilly sie mit dem Bau. Trent schickte Jacob damit an die Arbeit, während sie weiterhin Einbauten, Fenster und viele andere kleinere Sachen, die man für ein Haus brauchte, aussuchten. Obwohl es ein Baumhaus war, hatte es dennoch allen Komfort eines richtigen Hauses... nur etwas zusätzlichen Charme und kleine Eigenarten. Er baute ihr eine Bücherecke und sie wählte für die Stelle eine Verkleidung aus. Auch wenn der Großteil ihrer Verkäufe Ebooks waren, liebte sie dennoch echte Bücher und hatte ein paar ganz besondere Exemplare aufgehoben. Sie hatte ihm davon erzählt und er hatte es offensichtlich nicht vergessen. Sie entschieden sich für Wände aus Zedernholz und lasierte Böden, die die hellen Farbtöne des Zedernholzes zur Geltung brachten. Am Ende der Woche waren alle Entscheidungen getroffen. Und auch wenn sie viel Spaß dabei hatten, alles auszusuchen, hatte zwischen ihnen eine gewisse Spannung geherrscht. Er schien nicht länger zu beabsichtigen, ihr seine Liebe zu gestehen, während sie wollte, dass er sie erneut küsste, aber ihre Gedanken für sich behielt.

Sie luden gerade die Zedernbretter aus, als Levi anrief.

„Hey", sagte Trent. „Was gibt es denn?"

Lilly sah Trents alarmierte Gesichtszüge. *Etwas stimmte nicht.*

„Ich bin auf dem Weg." Er legte auf. „Jillian liegt in den Wehen. Levi ruft die ganze Familie an. Sie ist viel zu früh dran. Ich muss dahin."

„Kann ich mitkommen?“

„Klar.“

Er koppelte den Anhänger ab, in dem er das Zedernholz transportiert hatte. Lilly lief zum Haus, schnappte sich einen Pullover und ihre Tasche, die bereits auf dem Küchentisch lag. Sie kletterte auf den Beifahrersitz des Trucks, während er sich auf den Fahrersitz setzte. Sie konnte ihm ansehen, dass er sich Sorgen machte.

„Die Medizin ist heutzutage ziemlich fortschrittlich“, sagte sie in der Hoffnung, seine und ihre eigene Angst etwas zu beruhigen.

„Ja, ich weiß. Es ist nur, weil Jillian Schwierigkeiten hatte, überhaupt schwanger zu werden. Ihr wurde gesagt, dass sie kein Baby bekommen könnte und daher war die Schwangerschaft regelrecht ein Wunder. Falls etwas schief geht… sie bekommt womöglich kein zweites Baby.“

„Oh, das tut mir leid, das wusste ich nicht.“

„Sie ist einer der besten Menschen, die ich kenne. Ich will nicht, dass sie…“

Lilly wusste, was er sagen wollte, und wollte das

ebenfalls nicht. Sie begann, zu beten.

Er ignorierte alle Geschwindigkeitsbegrenzungen, während er zum Krankenhaus raste.

Als sie das Krankenhaus erreichten, trafen auch alle anderen Familienmitglieder ein. Das Wartezimmer füllte sich schnell. Jake war irgendwo draußen auf dem Meer zu einem Tauchausflug und BJ war irgendwo draußen auf dem Meer zu einer Angeltour. Shar, Olivia und Cali waren sichtlich besorgt und so auch Violet und Sam. Natürlich waren Levi, Trent und Max da, zusammen mit Grant und Gage. Sie machten sich ebenfalls Sorgen und ihre Mienen waren angespannt. Lilly fragte sich plötzlich, warum sie mitgekommen war. Sie hatte keine Ahnung, was sie zu ihnen sagen sollte. Sie sorgten sich alle zutiefst um Jillian und Ryan und ihr kleines Mädchen.

Hier ging es nicht um sie. Es ging um Jillian und das neue Leben, das sie unter dem Herzen trug.

Kurze Zeit später kam der Arzt mit neuen Informationen zur Familie. Es sei im besten Interesse der Mutter und des Kindes, Jillian mit dem Hubschrauber ins Tampa General Krankenhaus zu bringen, wo es eine Intensivstation für Frühgeburten gab. Ryan könne mit ihr mitfliegen.

Ohne zu zögern, bewegte sich das ganze Wartezimmer zum Ausgang. Alle sprangen in ihre Fahrzeuge und eine Karawane bildete sich, mit Levi an der Spitze. Er manövrierte sie zügig durch den Verkehr, die Sirenen ertönten, wann immer sie über rote Ampeln und über die Brücke auf den Highway fuhren.

Lilly war angespannt. Sie sorgte sich und sie betete weiterhin, dass alles gut ausgehen würde.

„Ich hatte Zeit mit Erica", sagte Trent. „Zeit war, wie ich weiß, ein Segen und ein Geschenk. Das hier zerreißt mich, und ich fühle mit meiner Schwester. Sie braucht Zeit mit ihrem kostbaren kleinen Mädchen."

„Ja", stimmte Lilly zu, doch mehr bekam sie nicht über die Lippen. Alles, was sie tun konnte, war, ihre Hand auszustrecken und beruhigend auf seinen Oberschenkel zu legen. Sie wünschte sich, sie könnte seine Hand halten, aber diese umklammerte fest das Lenkrad, während er viel schneller fuhr, als die Geschwindigkeitsbegrenzungen erlaubten.

Der Hubschrauber war um einige Minuten schneller gewesen. Sie sprangen alle aus ihren Fahrzeugen und stürmten ins Krankenhaus auf der Suche nach der Neugeborenen-Station.

„Baby April wird es schaffen", sagte Shar, wobei ihre Stimme fest und unnachgiebig klang und nichts als Zuversicht vermittelte.

Sie stimmten alle zu und gingen zum Zimmer der Krankenschwestern. Dort wurde ihnen kurz der Weg zum Wartezimmer erklärt und das Hin-und Herlaufen ging erneut los.

Trent stand am Fenster mit dem Rücken zu allen anderen und Lilly erinnerte sich, wie er am Abend der Feier bei ihr gestanden hatte. Sie wollte ihn nun ebenfalls trösten und stellte sich neben ihn. Sie ließ ihre Hand in seine gleiten und ihre Blicke trafen sich.

Er drückte ihre Hand. „Danke."

Sie nickte. Sie wollte so gern mehr sagen, aber fand einfach nicht die richtigen Worte. In ihrem Inneren war sie wie gelähmt und hatte Schwierigkeiten, sich das nicht anmerken zu lassen.

Schließlich kam der Arzt durch die Doppeltür.

Alle schwiegen, nicht dass vorher viel gesprochen worden war.

„Mutter und Baby sind wohl auf", sagte der Arzt, als er von der Familie umringt wurde.

„Oh, mein Gott!", brach es aus Max heraus und auch den anderen entfuhren Freudenrufe.

Der Arzt lächelte und sprach weiter darüber, dass die Lungenentwicklung etwas Unterstützung brauchte, aber dass das Baby stark und gesund war.

Lilly hörte kaum noch etwas, während Tränen ihr Gesicht hinunterliefen und sie Trent ansah. „Dem Baby geht es gut. April ist am Leben. Jillian ist am Leben." Sie warf ihre Arme um Trent und umarmte ihn, wobei sie ihr Gesicht an seiner Brust vergrub. Seine Arme legten sich fest um sie und er vergrub sein Gesicht in ihren dicken Locken.

„Danke Gott", hörte sie ihn sagen. Während er sie festhielt, drehten sie sich um und sahen die Umarmungen und das freudige Strahlen auf den Gesichtern der anderen. Olivia strahlte, während sie telefonierte. Offenbar sprach sie mit BJ. In dem Moment stürzte Jake ins Wartezimmer und sah ganz aufgewühlt aus.

„Geht es ihr gut?", rief er und sah zuerst die Tränen, bevor er das Lächeln der anderen bemerkte.

„Ihr geht es sehr gut, Onkel Jake", rief Trent.

Jake entfuhr ein Freudenschrei und dann zog er seine Mutter in eine Umarmung und wirbelte sie umher. „Herzlichen Glückwunsch, Oma!"

Der kleine Kevin strahlte über das ganze Gesicht. Er war neben Levi vor Aufregung auf- und abgehüpft. Nun rannte er zu Violet und warf seine Arme um sie. „Jetzt hast du zwei von uns."

Violet beugte sich nach unten. Ihr Gesicht war voller Liebe war, während sie Kevin umarmte. „Ja, das habe ich. Wie gesegnet ich bin."

Lilly war fasziniert von ihnen. Ihre Gedanken wanderten zu ihrer Mom und ihrem Dad. Und sie dachte daran, wie sehr ihre Eltern sie geliebt hatten. Und wie oft ihre Mutter ihr diese Worte gesagt hatte. Später, als sie und Trent nach draußen gingen, schaute sie zu ihm hoch. Der Himmel war blau und die weißen Wolken besonders schön anzusehen. Es war in so vieler Hinsicht ein herrlicher Tag.

„Trent." Sie blickte in sein Gesicht, dass sie so liebgewonnen hatte. „Du hast Recht. Meine Eltern würden wollen, dass ich im Leben vorwärts gehe. Sie fühlten sich gesegnet, mich und BJ zu haben, und das haben sie uns oft gesagt. Wie es deine Mom gerade zu Kevin gesagt hat. Aber ich war die Gesegnete. Der heutige Tag hat mich daran erinnert."

„Mich auch. Das Leben ist kostbar. Und wir haben nur eine gewisse Zeit mit den Menschen, die wir lieben. Lilly, ich will mit dir zusammen sein. Ich bin gesegnet, dich gefunden zu haben."

Sie lächelte. Zum ersten Mal seit so langer Zeit lastete kein Gewicht auf ihren Schultern. „Ich habe dich gefunden. Und ich habe nur einen Wunsch und zwar, den Rest meines Lebens mit dir zu verbringen. Ich liebe dich, Trent Sinclair."

Sein Lächeln brachte ihr Herz zum Schmelzen und dann zog er sie in seine Arme. „Ich werde den Rest meines Lebens damit verbringen, all deine Wünsche wahr werden zu lassen, denn du hast meinen Wunsch gerade in Erfüllung gehen lassen."

Und dann küsste er sie mit all der Leidenschaft

jedes Happy Ends, das sie je geschrieben hatte.

„Hey, also ich gehe davon aus, dass es Jillian und dem Baby gut geht, genauso wie euch beiden?" BJ grinste sie an, als sie den Kuss beendeten. „Ich bin etwas spät dran, aber es sieht so aus, als wäre ich genau im richtigen Moment für die guten Sachen gekommen."

Lilly lachte. „Oh ja. Die sehr, sehr guten Sachen."

„Na dann, macht weiter. Ich werde mir einen dieser Festtagsküsse von meiner wunderschönen Frau holen."

„Mach das." Trent kicherte und neigte seinen Kopf zu Lilly, um sie noch einmal zu küssen.

EPILOG

Vier Wochen nachdem die süße April geboren worden war, stand die Familie auf dem Gehweg, der hoch zu Lillys Baumhaus führte, während Lilly und Trent auf der Terrasse standen und ihre Ehegelübde sprachen. Trent hatte hart daran gearbeitet, ihr Traumhaus Wirklichkeit werden zu lassen, und Lilly hatte eine kleine Auszeit zwischen der Fertigstellung ihrer letzten Romanreihe und dem Beginn ihrer neuen genommen. Lilly genoss die Pause und hatte vor, ein etwas ausgewogeneres Leben zu führen, wenn sie wieder mit dem Schreiben begann.

„Also jetzt habt ihr zwei Häuser. In welchem werdet ihr leben?", fragte Grant. Cali lehnte rückwärts gegen seine Brust und er hatte seine Arme um sie gelegt. Sie sahen glücklich zusammen aus. „Das ist ein fantastisches Haus, das du da gebaut hast, Trent. Sehr kreativ."

Trent hatte seinen Arm über Lillys Schultern und küsste ihre Schläfe, was sie zum Lächeln brachte. Sie fühlte sich geliebt. Liebe. Eine Sache, mit der sie solche Schwierigkeiten hatte. Sich für sie zu öffnen, war mit Trent aber schließlich ganz einfach gewesen. Oh, wie sehr sie ihn liebte.

„Wir werden unseren Hauptwohnsitz in meinem Haus haben und das hier wird Lillys Rückzugsraum zum Schreiben. Und unser spezieller Zufluchtsort. Wenn es etwas gibt, das ich schon früh über Lilly gelernt habe, dann dass sie ihren Rückzugsort zum Schreiben braucht. Und ich habe dafür gesorgt, dass sie genau einen solchen Ort bekommt."

„Das hat er. Es ist alles, was ich mir erträumt habe, und noch mehr dazu." Ihr Herz war so voller Emotionen, dass sie Schwierigkeiten hatte, sich verbal auszudrücken. Sie legte ihre Arme um seine Taille und schaut zu ihm hoch. „Du beeindruckst mich."

Er lächelte. „Ich versuche es. Aber ich habe auch viel, dem ich gerecht werden muss."

Jake schaute nach unten, während er über ihnen mit Max und Kelsey, die das Meer bewunderten, auf der oberen Terrasse stand. „Das kann ich bestätigen. Ich glaube, sie schreibt über stattliche Helden in ihren Geschichten. Wo wir gerade davon sprechen, tauche ich schon in einer deiner Geschichten auf? Ich bin der einzige verfügbare Sinclair, den du kennst." Er grinste anzüglich, als sich Max vorbeugte und nach unten sah.

„Ja, bring ihn vielleicht in einer Geschichte unter und schau, ob du dir einen weiblichen Charakter ausdenken kannst, der ihn halten kann. Der Typ hat große Bindungssorgen."

Kelsey schaute ebenfalls nach unten und lächelte breit. „Ich finde, das solltest du tun."

„Hey, ich mache nur Spaß", sagte Jake zurückrudernd, während sich alle in seine Frauenprobleme einstimmten. „Ich brauche keine Hilfe in Sachen Romantik. Mir geht es super."

Trent lachte. „Hilf ihm, wenn du kannst. Aber der Mann lässt sich womöglich nicht einfangen. Aber es wird lustig werden, zuzusehen, wenn die richtige Frau für ihn auftaucht. Er wird sich wahrscheinlich heftiger und schneller verlieben, als irgendjemand von uns es getan hat. Auch wenn ich mich selbst bis über beide Ohren verliebt habe."

„Ich mich auch", sagte sie, während er sie flüchtig auf die Lippen küsste. Sie seufzte. Sie hatte sich Hals über Kopf verliebt und fühlte sich wie im siebten Himmel. Sie war so glücklich. Sie lächelte zu BJ und Olivia hinüber, die ebenfalls turtelten und das Baby liebkosten. Olivia nahm sie vorsichtig von Jillian, die besonders zufrieden aussah. Die Mutterschaft stand Jillian gut. Und Ryan. Der Mann strahle förmlich vor Stolz. Und Sam und Violet ebenfalls.

„Mom, Dad!", rief Kevin plötzlich und streckte seinen Kopf über das obere Geländer. Seitdem Trent ihm gesagt hatte, dass dort oben eine Überraschung war, falls er sie finden konnte, war er die ganze Zeit in ihrem Büro gewesen. „Hier oben ist eine geheime Luke. Wenn man sie öffnet, ist da eine Seilbahn!"

Levi und Jessica waren zusammen mit Cam und Lana und Shar und Gage unten im Bereich der Gehwegplatten. Hier hatte Trent Stühle und einen Grillbereich hinzugefügt. Sie sahen alle hoch zu dem kleinen Kevin.

„Ernsthaft", rief Levi und warf Trent einen fragenden Blick zu. „Sag mir, dass du das nicht getan hast?"

„Hey, entspann dich", versicherte ihm Trent. „Es ist sicher. Ich schnalle ihn in einer Minute fest und dann wirst du es sehen. Ich wollte, dass Lilly eine schnelle Möglichkeit hat, nach unten zu kommen, wenn es sein muss."

„Aber eine Seilbahn?", fragte Jessica, die ebenfalls etwas besorgt aussah.

Shar war bereits auf dem Weg die Treppen hoch. „Hey, ich mach's. Ich finde, das ist cool. Tolle Idee, großer Bruder."

Gage war direkt hinter ihr. „Ich finde, die Party hat gerade eine wilde Richtung genommen. Ich will da rein."

Lilly lachte. Sie hatte ihre kleine

Hochzeitsüberraschung bereits ausprobiert und Trent dafür einen besonders leidenschaftlichen Kuss gegeben. „Ich liebe es. Ich wusste, dass es euch allen auch gefallen würde." Sie warf den fürsorglichen Eltern einen Blick zu. „Na ja, fast allen."

Trents Augen funkelten. „Und ich liebe dich. Sie werden sehen, dass ich nicht nur ein toller Baumhausbauer bin, sondern auch Wert auf Sicherheit lege. Glaub mir, unser vorsichtiger Polizeichef Levi wird es auch toll finden, sobald er die erste Fahrt gemacht hat. Hier oben wirst du womöglich nie wieder deine Ruhe haben, jetzt, da sie von der Seilbahn wissen."

Sie schaute sich in ihrer neuen Familie um. „Das ist in Ordnung. Ich bin kein Einsiedler mehr, der sich versteckt. Nicht nur mein Leben ist jetzt besser, sondern auch mein Schreiben wird es sein. Und alles deswegen, weil du den Kontakt zu mir gesucht hast und mir deine Hand, deine Liebe und dein Verständnis gegeben hast, als ich es so dringend brauchte."

„Und als du meine Hand genommen hast, hast du mir den Weg in meine Zukunft gezeigt. Ich liebe dich,

Mrs. Sinclair."

Sie lächelte. Nein, sie strahlte vor lauter Liebe zu ihm.

„Onkel Trent", rief Kevin. „Kannst du *biiiitte* aufhören, Tante Lilly zu küssen, und mich mit dem Ding fahren lassen?"

„Hey, mich auch", rief Jake. „Du kannst sie später küssen!"

Trent nahm ihre Hand. „Komm schon, er hat Recht. Später gibt's mehr Küsse und das ist ein Versprechen. Also, mach dich bereit."

Sie lachte. „Oh, glaub mir, ich werde dich an das Versprechen erinnern."

Und dann folgte sie ihm die Treppen hinauf…

Weitere Bücher von Debra Clopton

Windswept Bay

Von Diesem Moment An

Irgendwo Mit Dir

Mit Diesem Kuss & Für Immer Und Ewig

Warten Auf Liebe

Mit Diesem Ring

Mit Diesem Versprechen

Mit Diesem Schwur

Mit Diesem Wunsch

Mit dieser Ewigkeit

Die Cowboys von Mule Hollow Serie

Liebe Mich, Cowboy

Tanz Mit Mir, Cowboy

Immer Ärger mit Lacy Brown

… plus Baby macht fünf

Mein Herz gehört dir, Cowboy

Halt mich, Cowboy

Sei mein, Cowboy

New Horizon Ranch Serie

Ein Cowboy für Maddie

Ein Cowgirl für Rafe

Ein Cowgirl für Chase

Ein Cowgirl für Ty

Eine Familie für Dalton

Eine Tierärztin für Treb

Maddies geheimes Baby

Ein Cowgirl für Austin

Die Cowboys von Ransom Creek

Ihr Cowboy-Held (Vorgeschichte)

Braut zu mieten

Cooper

Shane

Vance

Drake

Brice

Über die Autorin

Die Bestseller-Autorin Debra Clopton hat bereits über 2,5 Millionen Bücher verkauft. Ihr Buch OPERATION: MARRIED BY CHRISTMAS soll sogar als ABC Familienfilm verfilmt werden. Debra ist bekannt für ihre modernen Westernromanzen, texanischen Cowboys und temperamentvollen Heldinnen. Romantik und eine Prise Humor werden immer miteinander verflochten, um den Leser zum Lächeln zu bringen. Als Texanerin in sechster Generation lebt sie mit ihrem Ehemann auf einer Ranch im Herzen von Texas und freut sich immer über Zuschriften von ihren Lesern.

Besuche Debras Website unter
debraclopton.com/deutsch

Melde dich für ihren Newsletter
www.subscribepage.com/KostenloseTexascowboyromantik

Triff sie auf Facebook unter
www.facebook.com/debra.clopton.5

Folge ihr auf Twitter unter @debraclopton

Kontaktiere sie unter debraclopton@ymail.com